슬퍼할
권리

슬퍼할 권리

2014년 12월 8일 초판 1쇄 펴냄

펴낸곳 (주)도서출판 삼인

글쓴이 전영관
펴낸이 신길순
부사장 홍승권
편집 김종진 김하얀
미술제작 강미혜
마케팅 한광영
총무 정상희

등록 1996.9.16 제 10-1338호
주소 120-828 서울시 서대문구 연희동 220-55 북산빌딩 1층
        (서울시 서대문구 성산로 312)
전화 (02) 322-1845
팩스 (02) 322-1846
전자우편 saminbooks@naver.com

표지 디자인 (주)끄레어소시에이츠
제판 문형사
인쇄 영프린팅
제책 쌍용제책

ISBN 978-89-6436-090-3 03810

값 13,000원

0416, 그날의 아픔을 기록하다

슬퍼할

권리

전영관 지음

삼인

서문

잊지 않겠다는 다짐은 잊혀진다는 반증이다.
잊혀질까 두려운 심정에 투여하는 각성제와 다를 바 없다. 시간 앞에
스러지지 않는 기억이 어디 있으며 망각이란 습성을 떨칠 수 있는 존
재 또한 있겠는가. 인간에게 망각이란 기능이 없다면 미쳐버렸을 거
다. 스스로 목숨을 끊는 일이 빈번했겠다. 잊히는 게 아니라 가라앉
는 거다. 가라앉아도 호명하면 순식간에 전부가 떠오르는 기억일 것
이다. 세월호가 우리에게 그렇다.

사실은 기자가 기록해야 한다. 책임은 책임자가 져야 옳다. 관계자는
진실을 밝혀야 한다. 나는 다만 슬픔을 기록한다. 이렇게 길어질 줄
몰랐다. 몇몇을 구조하고 몇몇은 안타까운 죽음으로 돌아오고 며칠
이면 다 끝날 일이라고 생각했었는데 그 봄의 벚꽃이 지고 첫눈이 오
고야 말았다. 바람 앞의 나뭇잎이 시시각각으로 흔들리듯 어룽거리
는 눈물의 무늬들이 시간이라는 바람의 힘에 왜곡되거나 사라지지 않
아야 한다고 생각한다. 대한민국을 좀먹는 부라퀴들의 작태에 맞서

서 기록한다. 정보에 접근할 기회도 자격도 없다면 천지간에 흥건한 슬픔을 기록한다. 슬픔이란 위험물질이어서 다스리면 힘이 되고 쌓이면 폭발한다. 폭발을 원치 않지만 희망한다. 이 책으로 누군가가 다치는 걸 바라지 않으면서 누군가는 반드시 쓰러지기를 갈망한다.

현시대의 침묵이란 겸손이 아니다. 관조나 달관은 더욱 아니다. 이 난장판인 대한민국에서의 침묵이란 비겁함일 뿐이다. 우아한 비겁이다. 이 책이 슬픔의 박물관이기를 바란다. 유족께서는 부디 읽지 않았으면 싶다. 후일에라도 이 책을 펼치면 견딜 수 없을 테니 부디 만나지 않기를 바라고 또 바란다. 그런 책이 있더라고, 기만의 세상이지만 어느 시인이 몇 달 동안 밤을 밝히며 쓰고 또 쓴 애통의 갈피들이라고 풍문으로 들어주었으면 한다. 다들 잊은 줄 알고 절망했는데 아니더라고, 사람들이 여전히 기억하고 아파하더라고 믿어주셨으면 좋겠다. 우리들 모두가 잠재적 유족인 까닭이다.

전영관

차례

제1부

슬픔은
분노보다
한 걸음
늦다

현실이 지옥이다

지금 대한민국을 대표하는 단어가 〔합동분향소〕 아닌가 싶다. 이 무슨 비극이고 도무지 납득할 수 없는 반복인지 모르겠다. 자식 키우는 입장에서 잠이 오지 않는다. 어린 것들이 차가운 바닷물에서 버둥거리다가 숨이 끊어졌을 생각에 몸서리가 번진다. 크레인선은 항해 속도 때문에 늦을 수 있다. 그러나 왜 당장 공기부양장치를 설치하지 않는지 모르겠다. 선체 하부에 풍선을 넣고 공기를 주입하는 것도 특수선이 와야 하나? 절반이라도 들어올려야 그나마 한 명이라도 구출할 수 있는 것 아닌가. 그런 함정은 넓적한 크레인선도 아닌데 당장 달려올 수 있는 거 아닌가? 배가 가라앉는다는 판에 잠수부만 수백 명 동원하고 여타 함정들은 다 죽은 다음에 건지러 오나? 과연 보도대로 수백 명 동원하기는 했나? 과로한 잠수부마저 목숨을 잃을까 걱정스럽다.

밤늦게까지 뉴스를 보다가 다시 아침부터 TV 앞에 앉았다. 무엇 하나 달라진 것 없는 뉴스를 보고 또 본다. 혹시나 하는 희망 때문이다.

전원의 생사가 확인될 때까지 이 희망을 놓지 않으련다. 놓을 수 없다. 이런 일 생기면 아이들 늦게 들어오는 것도 걱정스럽고 덜컥하는 마음에 자는 녀석들을 다시 돌아보는 게 부모 마음이다. 저 어미들, 아비들 어찌 사느냐 말이다. 제일 먼저 헬기로 탈출했다는 선장, 병원 온돌에 지폐를 말리며 누워 있다는 선장 당신 말이다. 가족이 있겠다만 이 하늘에 당신과 같이 살 수 없을 것 같다.

2014. 4. 18.

갇혀 있는 너희들에게

얘들아, 힘내자. 춥더라도 조금만 더 참고 서로 끌어안아 버티자. 정신이 흐려지는 친구가 있거든 흔들어 깨우고 뺨이라도 때려서 호흡을 이어가게 하렴. 혹시 근처에 사탕이라도 있으면 좋겠다. 뭐라도 먹을 수 있는 상황이라면 먹어야 한다. 물에 갇혔는데도 마실 물은 없겠구나. 바닷물을 마시면 갈증이 더 심해지니까 참고 친구도 말려야 한다. 구명조끼에 의지해 떠 있는지, 그나마 선실엔 물이 들어오지 않아 마른 몸으로 버티는지 가늠할 길 없어 막막하다만 살아 있으리라 믿는다. 승선 인원 전부가 밝혀질 때까지는 너희들을 포함한 모두 살아 있다고 믿는다. 힘내자. 캄캄하고 춥고 허기에 탈진한 상태겠지만 힘내자.

엄마 아빠가 애타게 기다리고 있단다. 힘내야 한다. 무섭더라도 이를 악물고 버텨내야 한다. 세상 모든 어른이 위선자이고 무능력자이고 악마와 다를 바 없더라도 너희들 엄마 아빠가 물 한 모금 넘기지 못하고 기다리는 뭍으로 돌아와야 한다. 너희들 조국의 책임자는 심장이 없고 너희들을 당장에 구해내야 할 사람들은 뇌가 없으니 어른으로서 참담하다만 엄마 아빠가 온몸이 녹아내리는 심정으로 기다리고 있으니 돌아와야 한다. 구조대원도 목숨을 걸고 캄캄한 바다를 더듬고 있으니 조금만, 조금만 참아내렴. 사람이 사람으로 대접받는 세상을 너희들에게 물려줘야 하는데 부끄럽다. 너희들 두고 혼자 도망친 선장은 용서하지 않으마.

이런 약속에 앞서 너희들이 돌아와야 한다. 뭍에는 아무 일 없으니 짝꿍이 보이지 않더라도 울지 말아라. 선생님이 같은 선실에 계시지 않더라도 울지 말아라. 찬물에 몸이 얼었을 너희들 위해 담요 들고 이렇게 기다리고 있으니 조금만, 조금만 더 참아내 돌아와야 한다. 어느 엄마 아빠가 너희들을 포기하겠니. TV를 바라보는 대한민국 국민 어느 누구도 너희들을 포기하지 않는단다. 돌아와야 한다. 아무것도 생각하지 말고 무조건 돌아올 마음으로 견뎌야 한다. 춥더라도, 무섭더라도, 정신이 희미해지더라도 절대로 약한 생각 하지 말고 돌아와야 한다. 너희들 엄마 아빠가 기다리고 있단다. 얘들아 제발.

2014. 4. 20.

아무도 바꿔주지 않는 세상

생각만으로 세상을 움직인다면 신입니다. 정신 집중만으로 물체를 움직일 수 있다면 염력을 가진 초능력자입니다. 자명하게도, 불행히도 저는 둘 다 아니라서 행동합니다. 슬픔의 근육을 동원해서 걷고 분노의 **뼈를 바로 세워 촛불을 켭니다.** 침묵하다가는 침묵을 강요받게 됩니다. 암묵적 동의가 아니었다고 항의할 때는 이미 늦은 겁니다. 슬프십니까? 서글픔 때문에 기도 외에는 아무것도 할 수 없다면 순진한 분이라고 말씀드리겠습니다. 무력감을 이기지 못하겠다고 한탄하신다면 여린 분이시라 위로하겠습니다. 그러나 슬픔도 무력감도 그대로 두면 가라앉는 감정입니다. 어느 날엔가 반복적으로 올라올 뿐 폭발하지는 않습니다. 제대로 쟁여둬야 합니다. 분노가 힘이 되려면, 슬픔을 행동으로 옮기려면, 무력감을 털어내고 소리치려면 작은 한 걸음이라도 내디뎌야 합니다. 행동이라는 탄피에 담아둬야 포탄이 되어 날아가고 총알이 되어 기만의 방패를 관통할 수 있습니다.

저는 운동권도 아니고 집회에 열성인 성향도 아닙니다만 이대로 슬품에 잠겨서는 변화시킬 수 있는 건 아무것도 없다고 생각합니다. 좌도 우도 아닌 사람입니다. 그러나 진실을 알 권리가 있고 이 비극을 왜곡하는 자가 있다면 분노해야 마땅하다고 생각합니다. 아직은 밤바람이 차갑습니다. 허나 더 차가운 바다 속에서 몸부림칠 목숨들이 안타까워 촛불을 켜고 거리에 앉았습니다. 전국에서 모이시면 큰 힘이 되겠습니다만 일산에 계시는 분들께나마 잠시 미관광장에 들러 가시라 초대합니다. 휴일 저녁이니 가족 모두가 나오셔도 좋습니다. 바다 속 아이들에게 부끄러운 어른이라는 자책을 잠시 유보하셔도 괜찮습니다. 행동하고 연대하는 엄마 아빠의 모습을 보여주시면 후일에라도 세상은 변화를 지속할 겁니다. 우리가 완성하지 못한 나머지를 우리 아이들이 마무리할 겁니다.

2014. 4. 23.

대통령께 권합니다

안녕하십니까. 진도에 가셨을 때 예의 단정하던 머리도 부스스하던 데 식사는 제대로 하시는지요. 컵라면에 계란을 넣은 것도 아니라는 대변인 말이 있었습니다만 참극에 입맛을 잃으셨다면 컵라면이라도 권합니다. 아이들 죽이고 몸부림치는 부모나 여타 가족들은 그럴 겨를도 없습니다. 그 와중에도 눈빛은 철판이라도 뚫을 듯 섬뜩했습니다. 하나 묻겠습니다. 대한민국이라는 배의 선내 방송은 제대로 되고 있습니까? 최선을 다한다는 말만 믿고 이대로 있다가 나머지 국민들도 아이들처럼 차가운 시신으로 변하는 거 아닙니까? 부모가 자신을 알아보지 못할까 봐 학생증을 손에 움켜쥔 채 목숨을 잃은 아이들처럼 국민들도 가족끼리 부둥켜안고 떼죽음하라는 말입니까? 제일 먼저 도망친 선장같이 책임자 처벌 운운하며 자신의 책임은 회피한 채 대한민국이라는 배에서 내려버리는 대통령을 믿으라는 겁니까?

이 와중에 지지율 70퍼센트라니 중간투표를 제안합니다. 누군가는 불필요한 비용이라고 하겠습니다. 그러나 무인기 소동을 빌미로 퍼부을 무기 구입 비용을 생각하면 큰 돈 아닐 겁니다. 6.4 지방선거와 병행하면 더욱이 비용을 절감할 수 있습니다. 혹자는 절이 싫으면 중이 떠나라고, 북한으로 보내주겠다고 할 겁니다. 저는 여기 못지않게 끔찍한 북한에서 살 생각 추호도 없고 그럴 이유도 없습니다. 우리 절인데 왜 떠납니까? 절은 부처의 공간이고 승려들 것이지 주지의 소유물이 아닙니다. 더구나 일정 기간 위임 받은 권한인데 무슨 말씀입니까? 국민의 이름으로 당장 물러나라 몰려가고 싶습니다만 민주국가, 법치국가이니 재신임을 제안합니다. 결과가 신임으로 나온다면 남은 시간을 지옥으로 납치당했다 체념하고 견디렵니다.

여객선 침몰했다고, 아이들 수백 명 죽었다고 물러나느냐 반문한다면 대통령께서는 기억력이 부족하신 겁니다. 반값 등록금이니 과학기술이니 나라가 엉망이라서 본인이 대통령을 하겠다는 거 아니냐고 눈에 힘을 주었습니다. 부모의 마음으로 대한민국을 책임지겠다는 의지를 보이기도 했습니다. 불행하게도 저는 대통령의 행동에서 측은지심을 읽을 수 없었습니다. 일생 대부분을 대통령의 자녀라는 지위를 누렸고 현재 법적으로 대통령이니 국민의 심사를 공감할 가슴이 없는 모양입니다. 사고는 났더라도 신속한 수습과 진심으로 애통해하는 공감의 리더십을 전혀 느끼지 못했습니다. 그러니 물러나라는 겁니다. 자격이 없다는 말씀입니다. 행정력이 무능해도, 외교력이 국제 망신 수준이라도 최소한 국민과 공감하고 국민의 심정을 헤아릴 줄 알아야 나라의 대표 자격이 있는 겁니다. 이마저도 없는 대통령을 두고 볼 인내심이 없습니다. 침묵하면 침묵을 강요당하게 된다는 걸 대통령의 부친에게 배웠습니다.

울면서 씁니다. 마음에 굳은살이 생긴 중년 남자이고 눈물이 흔한 사람도 아닙니다만 견딜 수 없습니다. 방송을 볼 때마다 눈이 흐려지고 목이 메어서 일상을 유지하지 못할 지경입니다. 참극 앞에 단 하나의 방법이 있다면 정직입니다. 최소한 정직하고 겸허해야 지켜보는 국민들도 대통령을 위시한 관계자들에게 애썼다는 격려를 보내게 됩니다. 지금 그렇게 진행되고 있습니까? 정부라는 자체가 유언비어의 진앙 아닙니까? 무능과 비효율은 정비할 수 있습니다. 부실한 체계는 바로 세우면 됩니다. 그러나 사람의 철학은 그리 쉽게 바꿀 수 있는 대상이 아닙니다. 저는 대통령의 심장을 의심합니다. 따뜻한 피가 아니라 부동액이 흐를 거라고 확신하게 되었습니다. 물러나시기를 권유합니다. 부녀의 일생을 통틀어서 최초로 국민을 사랑하는 길입니다. 국민은 지금 혼자일 때 울고 둘이면 서로를 위로하고 셋 이상 모이면 분노하는 중입니다. 슬픔에 휘둘리기에는 대한민국의 침몰 속도가 너무 빠릅니다. 대한민국 국민의 자격으로 물러나시기를 권유합니다.

젖은 이름들

애들아 힘내라
춥더라도 조금만 더 참고 끌어안아 버텨다오
물에 갇혔는데도 마실 물은 없겠구나
구명조끼에 의지해 떠 있는지
선실엔 물이 들어오지 않아 마른 몸인지
가늠할 길 없어 막막해도 살아 있다 믿는단다
캄캄하고 춥고 허기에 탈진했더라도
힘내라 힘내다오

들리지 않는구나 내 딸아 아들아
어긴 적 없었는데 착한 내 딸 내 아들
들리지 않아서 대답도 못하는구나 유리창에 비친
구명조끼가 너인 것만 같아서 네 손이 확실해서
달려들고 싶었단다 하느님도 외면한 나라라서
어린 것들 생목숨 끊어지는 화급에 선장이 도망가고

관리들은 우왕좌왕 하는구나 장님일 뿐이구나

차갑게 캄캄한 거기서 선생님과 마지막 종례를 마쳤는지
젖어 실려 온 내 딸아 아들아
다시는 학교 다녀온다는 인사를 들을 수 없겠구나
아빠는 이제 더운 물에 몸을 담그지 못하겠구나
설거지 그릇에 담긴 물만 봐도 엄마는 몸서리를 치겠구나
차라리 가족 모두 탔던 배라면
하늘나라도 함께 갔을 일인데 억울해도 우리 식구 손잡고
여기보다 못한 곳 없을 거라 웃으며 갔을 텐데

바닷바람 차다며 구명조끼 벗어줄 것만 같은 내 딸아 아들아
괜찮다고 웃으며 일어날 것만 같아 손을 놓지 못하겠는
내 딸아 아들아 엄마도 아빠도 오늘 너를 따라 간단다
평생 녹지 않을 빙하를 품은 가슴이라서
눈물이 평생 마르지 않을 목숨이라서
오늘 너와 함께 가는 셈이란다 조금만 기다리면
만날 수 있단다 이렇게 또 너희들에게 조금만
조금만 기다리라 말해야 하는구나 내 딸아 아들아

2014. 4. 27.

하늘로 보내는 편지

어른들 말씀에 애 봐준 공은 없다지요. 천방지축이라 한시도 눈을 떼지 못하고 찬바람만 스쳐도 감기가 걸렸답니다. 어린 것 기침하는 소리가 어미의 늑골을 부수고 지나간 적 많았지요. 그 어린 것 기관지가 막혀 가릉거리는 밤이면 보이지 않는 손이 제 울대를 누르는 듯 숨이 막혔답니다.

형편이 시원찮아 제 아이 입성이 남루할 겁니다만 편애하지 않으시겠지요. 정이 많아 친구들하고 잘 지냈으니 녀석들끼리 모아도 괜찮을 겁니다. 그중 하나 갈래머리는 왕따였다니 가운데 앉혀주세요. 며칠을 굶었을 테니 따뜻한 국이라도 먹이시고 캄캄한 곳에 갇혀 있었으니 너른 양지를 마련해주세요. 혹시라도 거기서 울부짖는 부모가 보일지 모르니 그것도 감안해주세요. 절망 앞에 안간힘으로 버티는 것만 같아 이제 그만하자 했답니다. 구해줄 사람 없으니 고통 없는 곳으로 가라고 어미가 등을 밀었답니다.

죄스럽고 한탄스럽지만 부탁드립니다. 인명은 재천이라 했는데 하늘이 정해준 명을 다 살지도 못하고 숨을 놓은 제 자식 당분간 부탁드립니다. 부모의 죄가 우선이라면 달게 받겠습니다. 육신을 불태워도 비명 한 번 지르지 않겠습니다. 물에만 던지지 말아주세요. 내 아이가 희미한 의식으로 엄마를 부르다 가라앉았을 물은 싫습니다. 그러나 이 참극을 벌이고도 기만에 몰두하는 진범들을 단죄한 연후에 가겠습니다. 부탁드립니다. 이제 열여덟 남짓이니 부모 눈에는 아기와 다를 바 없습니다. 귀밑 솜털도 자욱한 아기입니다. 부탁드립니다. 저를 부르시기 전에 단죄를 끝내야할 터인데 아귀들만 우글거리는 이 나라에서 가능하려나 모르겠습니다. 도와줄 분들이 계시겠지요. 함께 우는 분들이 먼저 눈물을 거두고 일어서겠지요. 부탁드립니다. 내 아이 보고 싶어서라도 서둘러 마무리하고 갈 터이니 잠시만, 잠시만 부탁드립니다. 이 땅을 외면하셨더라도 죄 없는 아이들만은 부탁드립니다.

2014. 4. 28.

마디도 매듭도 없는

슬픔의 방에는 시계가 없다.

통증은 면허가 불필요한 모태감정이다. 권리가 있느냐 빈정거린다면
바다에 처넣겠다. 의무냐고 두리번거리면 돌을 던지겠다. 언제까지
냐고 묻는다면 당신들 생은 러닝타임이 정해진 영화냐고 되묻겠다.
당신들에게 야생화 만발한 들판과 과수원을 거니는 장면만 지속되는
지 끝까지 함께 지켜보자고 부릅뜨겠다. 성공한 자식들과 손자들과
어여쁜 아내로, 늠름한 남편으로 천수를 누리는 동안 타인들 행복도
동일한 온도가 유지되도록 염려할 것인지 다짐 받아두겠다. 누구인
들 별 수 있느냐고 반문하지 마라. 슬픔의 범위를 규정하려는 자체가
당신들 체온을 들키는 일이다.

슬픔의 방에는 시계가 뒤집힌 채 걸려 있다.

그들이라고 일상이 없겠는가. 보름 넘도록 팽개쳐두면 소출도 시원
찮을 그들 생계가 묵정밭으로 망가지지 않겠는가. 애통의 전부를 꺼
내도 그들만 하겠는가. 진정 일상을 접고, 생계를 팽개치고 간장이 녹

는 슬픔으로 보름을 울었는가. 울어도 그들과 공명하지는 못할 비극임을 모르는가. 삼우제 끝난 상가처럼 결국 그들만 남아 널브러진 슬픔의 얼룩을 지우기 위해 오래도록 눈물 흘릴 일 아니겠는가.

슬픔의 벽에는 달력도 없다.

그들의 가슴은 시간이 사라진 자리. 하루가 평생이고 들숨과 날숨 사이에 지옥불이 천 년 이글거리는 절벽이다. 슬픔은 마디가 없다. 슬픔은 매듭도 지어지지 않는다. 빠져나가는 동안 견딜 뿐이다. 빨래조차도 마르는 시간이 필요한 법인데 당신들은 손수건 한 장이나 적셨는지 궁금하지도 않다. 나는 가슴까지 다 젖었다. 태생이 얼뜨기인지 슬픔에 관해서는 굳은살이 생기지 않는다. 아직은 아파해야 할 시간이다. 분노로 폭발할 때까지 그러모으고 힘껏 쟁여두겠다. 당신들을 찢어버릴 수 있을 때까지 폭발력을 키우겠다. 슬픔과 분노가 어찌 다른지 명확하게 보여주겠다.

2014. 5. 2.

초혼招魂

너의 이름을 부른다. 너의 비명을 듣는다. 아비에게도 대답 없고 어미가 통곡해도 돌아보지 못한 그대들인데 우리를 돌아보겠는가. 젖먹이와 생이별하는 가장이 있겠다. 부부가 손잡고 가라앉은 선실도 여럿이겠다. 생애 처음 가보는 섬이라며 달뜬 마음으로 잠든 노부부의 폐부를 바닷물이 찢었겠다. 그대들의 이름을 부른다. 그대들의 생환을 갈망한다. 이제 틀렸음을 안다. 아는데도 부르고 알면서도 부르고 알기 때문에 간절한 기적을 포기하지 못하겠다.

돌아보다 눈이 마주쳐도 되돌릴 수 없는 일이라서, 남겨진 가슴에 더 큰 못질만 하게 될까 봐 묵묵 앞만 보고 가는 그대들을 부른다. 천수를 다한 부모도 발인 전에 지붕에 올라가 한 번 더 불러보는 거다. 돌아오시라 절규하고 내려와 상을 치르는 법인데 솜털 자욱한 것들을 어찌 땅에 묻으랴. 아직 어린 뼈를 화장장 불아궁이로 밀어 넣으랴. 집안의 대들보가 부러졌는데 남은 식구들이 성할 수 있으랴.

슬픔이 빠져나가기를 기다리지는 않는다. 슬픔이란 가라앉았다가 떠오르기를 반복할 뿐 사라지지 않기 때문이다. 수의 입히고 결박하는 순간에 절규했을 어미를 생각한다. 내 새끼 답답한 거 싫어한다고, 그리 견고하게 묶지 말라고 주저앉았을 아비를 생각한다. 풀리지 않을 매듭이다. 저마다의 가슴에 하나씩 리본처럼 새겨질 매듭이다. 젖은 몸이라서 오래도록 태우고 또 태워도 재가 되지 않을 것이다. 젖은 가슴은 평생 사막을 방황한다 해도 마르지 않을 것이다.

오월이 시작됐다. 너의 이름을 부르는데 너의 비명만을 듣는다. 돌아보라 외치다가 운다. 신의 외면인 듯 날은 저 혼자 푸르다. 신이 우리를 버렸는가. 신의 후레자식들이 지상으로 추방당해 벌이는 분탕질에 적자嫡子인 우리 가슴이 찢어진 건 아닌가. 저도 열흘을 버티지 못하면서 철쭉이 운다. 알아주는 이 없이 홀로 핀 들꽃이, 흔해서 아무나 뜯어보는 가로수 이파리들까지도 운다. 신은 없더라고, 봄날도 혹한도 반복일 뿐이라고 붉다. 사람도 꽃도 한철 피었다 지는 것은 마찬가지라 해도 이건 아니라고 운다. 지는 게 아니라 꺾인 거라고 꽃이 운다. 너의 이름을 부른다. 바닷물에 젖은 이름을 부른다. 맥없이 부르기만 한다. 빠져나가지 않을 슬픔이라서 전부가 분노로 바뀔 때까지 너의 이름을 부른다.

2014. 5. 3.

가능한지 모르겠지만

예고한 사과 준비하느라 안녕하지는 못하겠군요. 사과는 즉각 행하는 것이 최선이고 방법 또한 놓치지 말아야 할 항목인데 예고한다는 것을 처음 알았습니다. 수백 명이 목숨을 잃은 와중에 엉뚱한 소리를 해놓고 나중에 사과하겠다면 그만입니까? 참모진들에게 국가 개조를 위한 매뉴얼을 지시하고 기다리시는군요. 개조라니, 국가가 경운기입니까? 60만도 넘는 공무원이 대통령 지시로 개조가 된다고 생각합니까? 오천만 국민이 대통령 담화에 따라 생각을 바꾸고 우향우라도 한답니까? 지붕 개량하고 통일벼 심는 새마을운동이 아니란 말입니다.

정치를 무엇이라고 생각하십니까? 저는 절대다수의 행복을 위해 노력하는 행위라고 봅니다. 절대다수라는 말에는 정직과 윤리가 들어있습니다. 그것들이 없다면 쉽게 부패하기 때문입니다. 부친께서는 처음부터 그걸 제외하고 시작했으니 독재 외에는 방법이 없었던 겁니다. 독재를 불가피한 위악으로 포장하면 곤란합니다. 그러나 대한민국에서 통용되는 의미는 밀실회동, 불로소득 배분, 기만, 배신 등등이라고 생각합니다. 제가 왜곡된 시각을 가졌습니까? 부친께서 그리 하셨으니 국민도 학습된 겁니다. 새누리당 식으로 말하자면 정치란 권력을 유지하고 국가를 장악하는 수단일 뿐입니다. 물론 공공복지를 위한 일이라고 힘을 주곤 했죠. 판단력 흐린 노인들에게 수십만 원씩 나눠준다 해놓고 돈 없으니 어쩔 테냐고 안면을 몰수한 대통령께서는 극히 공감할 논리겠습니다. 반값등록금도 만만찮은 공갈이었죠. 이건 약속을 어긴 일하고는 차원이 다릅니다. 약속을 전제로 대통령이라는 자리를 차지해놓고 나 몰라라 한다면 곤란합니다.

정치를 무엇으로 알고 행동하는 겁니까? 정政이란 바루는 일, 부정을 바로잡는다는 뜻입니다. 치治 또한 다스린다는 뜻 외에 바로잡는다는 의미도 있습니다. 결국 정치란 다스린다는 의미와 바로잡는다는 의미가 반반씩 혼합된 행위죠. 대통령께서는 지금까지 무엇을 바로잡았습니까? 국민들 정신을 건강하게 했습니까, 아니면 도덕적 모범과 언행일치를 통해 비틀린 사회에 경종을 울렸습니까. 정치를 단지 통치 내지는 눈에 힘을 주고 겁박하는 정도로만 해석하고 행동한 거 아닙니까? 곁에서 보니 부친께서 항시 그렇게만 하시던가요? 대한민국에 우글거리지만 자신의 이익을 위해 윤리와 도덕을 왜곡하는 사람은 정치인 자격이 없습니다. 근본을 왜곡하면서 권력을 누리려 한다면 독재일 뿐입니다. 대통령이 정치인의 정점임은 아시리라 믿겠습니다. 왕은 아니니 착각은 금물입니다.

말은 공부라고 했지만 생각 좀 하시란 뜻입니다. 논리로 사람을 대하면 심장도 자신의 논리대로만 뛰어서 공감하지 못합니다. 권력으로 사람을 대하면 자기 뜻에 반하는 모두를 처벌하려는 착각으로 파멸하게 됩니다. 참극이 벌어진 현장에서 책임 운운하고 처벌이란 단어를 꺼내는 것은 국가라는, 조직이라는 시스템을 전혀 이해하지 못한다는 증거입니다. 진도에서 울부짖는 가족들이 누구 처벌하라는 요구를 했습니까? 당장 내 새끼를 구해달라는 애절함 말고 그 체육관에 무엇이 있었습니까? 보이지도 않았던 모양입니다. 들리지도 않았으니 엉뚱한 소리를 한 겁니다. 본인도 흉탄에 부모를 잃었기 때문에 피해자 가족들의 아픔을 잘 안다고 하셨습니까? 경우가 달라도 불덩어리와 얼음만큼이나 다른데 그리 결부하면 곤란합니다. 도와달라는데 처벌 운운하면 어쩌라는 겁니까.

내일 일본과 2차 한일합방을 감행한대도 지지율은 30퍼센트 가까이 나올 겁니다. 든든하시죠? 본인이 유능한 까닭이 아닙니다. 어느 재벌 아들의 말대로 국민이 미개해서 그런 것이고 구덩이에 몰아넣었어야 할 친일파들이 득세한 나라인 때문입니다. 눈치 보는 월급쟁이만 우글거리는 언론도 한몫 했습니다. 대다수 국민은 그들의 한 표와 세월호 피해자 가족의 한 표가 동일하다는 사실 앞에 절망할 겁니다. 다수결이 합리적 결정 방안이라고 수긍할 때 그 구성원은 행복해질 수 있습니다만 다수결은 폭력이라며 거부하려는 움직임이 크면 클수록 사회는 병이 깊은 것이고 폭발이 가까웠다는 뜻입니다. 촛불을 보면 섬뜩하지 않습니까? 참모에게 저거 뭐냐고, 내가 말을 해야 아느냐고 짜증이라도 부릴 겁니까? 대한민국과 결혼했다는 상투적 대사를 읊었지만 정치는 연애가 아닙니다. 애인에게 내가 말을 해야 아느냐고 투정부리듯 조직을 운영하면 나라 망합니다.

두서없이 장황했습니다. 공부하면서 대통령직을 유지하라는 뜻이 아닙니다. 낙향해 공부하면서 세상을 다시 보라는 직언입니다. 대통령이란 국가에서 가장 큰 권력을 가진 장본인이면서 동시에 국가의 맨 밑바닥을 헤아릴 줄 아는 사람이어야 합니다. 마지막으로 김선일 씨가 이라크에서 산 채로 목이 잘리던 때 당시 박근혜 의원께서 매몰찬 표정으로 했던 발언을 붙입니다. 반복해서, 국민교육헌장만큼 또박또박 읽어보시기 바랍니다.
〔국가가 국민을 보호하지 못한다면 그것은 국가가 아니다. 우리 국민 한 사람을 못 지켜낸 노무현 대통령은 자격이 없으며 난 용서할 수 없다.〕

2014. 5. 4.

이 길 수 없 는 싸 움

슬픔은 속도를 들키지 않는다. 아득한 거리에서 구름으로, 안개로 서성
거리다가 은밀하게 다가와 어느새 어깨를 누르고 무릎을 꺾고 얼음
송곳으로 폐부를 찌른다. 도구가 남지 않는 살인이다. 회상하는 지인
들은 부검의剖檢醫가 된다. 어느 부위가 치명적이었는지 끝내 알아내
지도 못하는 무능을 서로에게 남길 뿐이다. 망자와 친밀한 자의 소견
이 정확할 테지만 서로가 상대에게 혐의를 씌우기만 한다. 죄책감의
영역이 아니라는 위안을 답례품 삼아 각자의 자리로 돌아가면 그만
이다.

슬픔은 형상을 보여주지 않는다. 우리들에게 예감만 던져도 충분함을 안
다. 저만치 다가온다고 느끼는 순간 우리는 두려움에 빠진다. 선험先
驗이 외려 두려움을 폭발시킨다. 충격이 지나가면, 경악이 잦아들면
슬픔은 하나씩 찾아온다. 일상을 휘젓고 불면을 심어놓고 무기력을
끼얹는다. 전신의 통점에 불이 켜진다. 돌을 디뎌도 늪이고 물만 넘
겨도 식도가 녹는다. 두부를 씹어도 어금니가 깨진다. 보이는 모두가

타인이고 그리운 얼굴은 자신에게만 보인다. 저기, 저기라고 울부짖어도 소용없는 일이다. 애당초 거부하면 좋았을 것을, 슬픔은 악마의 하수인인 양 그리움이라는 얼굴로 온다. 마음의 빗장을 분지르는 거다. 시간과 공간을 뛰어넘는 근육이라서 망각의 절벽도 단박에 뛰어오른다. 빈손으로 방문했는데 꾸러미 하나를 놓고 간다. 타인들은 악몽이라 부르고 자신은 죄책감이라 새긴다.

슬픔을 희석하면 그리움이다. 슬픔을 농축하면 두려움이다. 슬픔의 등 뒤에 감춰진 것은 고통이다. 충격과 경악은 고통의 시작이었다는 상징으로 기록된다. 무시로 찾아오는, 먼저 들어와 나가지 않는 슬픔과 싸워야 하는 사람들이 있다. 겨울만 지속되는 사람들이다. 다들 떠나고 홀로 남아, 한 자리 비는 가족으로 모여 울음을 반복해야 하는 사람들이다. 이길 수 없는 싸움과 직면하는, 아직 시작도 하지 않은 사람들이다. 기만과 무관심, 냉혈과 폭언들이 슬픔과 이종교배되어 탄생한 괴물들과도 끊임없이 싸워야 한다. 선택권은 애당초 없었다. 그들에게서 한 조각 덜어온 얼음이 내 가슴 안에서 오래도록 녹지 않을 것만 같다. 언제든 자리가 바뀔 수 있음을 알면서도 설마라는 우매함 뒤로 숨는다. 누군가가 나를 바보라 불러도 항의할 자신이 없다.

2014. 5. 6.

아름다워서 슬픈 하루

오월은 데이트 가는 스무 살 여자였다. 파릇함을 막 지난 들풀들은 어깨에 부딪혀 찰랑거리는 머리카락 같았다. 샴푸 향기보다 라일락이, 버스보다 자전거가 좋았다. 얼굴을 스치는 바람이 차갑지도 눅눅하지도 않은 오후를 달리곤 했다. 1980년을 제외하고 나에게 오월은 찰랑거림과 향긋함과 찬연한 햇살이 전부였다.

2014년 4월 16일, 그날로부터 스무 날이 지난 오늘이다. 초파일 산사는 화사한 초록의 향연장이다. 넘실거리는 초록 파도로 보여 섬뜩하다. 늦된 철쭉들의 합장이 무리지어 법당을 향한다. 선실 아이들의 웃음소리인 것 같아 숨을 멈춘다. 주소와 이름과 소원을 적은 발원지發願紙가 연등에 매달려 팔랑거린다. 부모가 기다리는 이름표들 같아서 가만가만 만져본다. 한 시가 넘었는데 공양간이 법석이다. 살았으니 먹어야 하고 기다리려니 먹어야 하고 평생 씹어야 할 참혹인 양 먹어야 하는 가족들로 보인다. 제 식구 팽개치고 객지로 떠돌다 몸 망치고 돌아온 탕아처럼 한참을 망설이다 밥과 나물을 비벼 삼킨다. 국그

34

룻에 고인 쓸쓸함을 한 숟가락 뜨니 슬픔의 맛이다. 고추장 범벅이 된 분노는 부끄러움의 맛이다. 독경 소리가 사람들 정수리를 맴돌다가 대답도 듣지 못하고 시르죽는다. 향불 연기가 출구를 찾는 자세로 허리를 구부리고 좌우로 머뭇거리다가 흩어진다. 망연히 바라만 본다. 여기가 어디인지, 내가 왜 이런 시대를 살고 있는지 법당에 오래 앉아 있어도 무릎만 시리다.

죽은 자의 하루는 살아남은 자들의 십 년이다. 반성하라 했는데 후회만 한다. 분노해야 옳은데 슬픔만 진설한다. 후회를 받아먹고 자라는 괴물이 있다면 대한민국이 서식지로 최적이겠다. 대한민국이 나무라면 슬픔을 자양분 삼는 넝쿨에 휘감겨 말라죽는 중이겠다. 오월은 저 혼자 찬연하다. 누가 나의 오월을 앗아갔는가. 누가 나를 문상객으로 만들었는가. 누가 우리를 미개한 곡비哭婢라고 힐난하는가.

2014. 5. 9.

대통령 하나 바뀐다고 달라지나

대통령 바뀐다고 뭐가 달라지느냐는 그대들에게 묻겠다. 그대들은 책임자라는 위치에 복무한 적 있는가? 각종 결정권을 행사하고 때론 오판에 따른 책임 문제로 번민한 적 있는가? 차라리 결정권을 반납하고 하위직으로 내려앉고 싶을 만큼 힘겨웠던 밤이 있는가? 없다면 대통령 바꾼다고 달라질 게 있냐느니 비극을 정치적으로 이용하지 말라느니 하는 언사는 집어치워라. 책임자를 해보면 안다. 내 결정에 따라 업무의 진행 방향이 바뀌고 그 결과 또한 막대한 금전적·시간적 차이를 보인다는 사실 말이다. 자본주의 사회의 책임자란 무엇인가? 보스에게 일임 받은 일부 권력으로 조직을 운용하고 돈을 벌어다주는 역할이다. 보스의 입장에선 하부직원을 쥐어짜더라도 성과를 내는 책임자가 기특한 거다. 못된 상사인 것만 같은데 왜 저 인간은 잘리지도 않나 하는 의문을 가진 사람 많을 것이다. 왜 그럴까? 그가 하부직원 몰래 아부를 하는 덕도 있겠지만 보스의 입장에선 밉지 않은 인물인 까닭이다. 가족적인 회사? 또 하나의 가족? 자본주의 사회에 그런 건 없다. 그따위 형용모순에 속는 인간이 불쌍할 따름이고 그는 종신노예로 전락한 거다.

점심 먹고 졸기나 하는 것 같은 책임자가 왜 필요하겠는가? 책임지려고 기다리는 거다. 결정 사항이 있을 때 결정해주고 결과에 대한 책임을 지려고 앉아 있단 말이다. 책임자는 놀면서 돈만 많이 받아간다고 생각한다면 당신은 아직 솜털 보송한 신입사원이거나 추리닝이 정장인 백수일 뿐이다. 그런 당신이 요행히 책임자가 되었다면 놀면서 돈이나 많이 받아가는 인물이 될 것임이 자명하다. 현장의 일용잡부도 열 명 모아놓고 그중 하나에게 책임자라 명하면 눈빛이 달라진다. 일당 더 준다 하면 육이오 소대장 모드로 사람이 뒤집힌다. 대통령 하나 바꿔서 뭐가 달라지느냐고? 어차피 다 무능하고 그 밥에 그 나물 아니냐고? 절반은 맞다. 당장 누굴 데려다가 대통령 시킬 것이며 투표조차 부정이니 조작이니 의혹투성이 나라에서 가능하다고 믿기도 힘들다. 그러나 대통령이 바뀌면 달라진다. 자신이 임명한 장관들 불러놓고 국정 철학에 대한 소신을 밝히고 따르지 않을 거면 자리 비우라 했다고 생각해보라. 그 장관이 돌아가서 국장들 불러놓고 뭐라 하겠나? 대통령이 헛소리 하니까 우린 우리끼리 배나 불리고 골프나 치러 다니자고 하겠나? 미친 놈 아니면 그렇게 하지 않는다. 청와대에서 메모한 거 읽어주며 다들 조심하라고, 우리는 어떤 개선방안을 낼 것인지 기획안 올리라고 할 거다. 성과 문제를 떠나서 헛발질하는 장관이나 참모가 있으면 즉각 경질하면 된다. 나머지 장관들도 섬뜩할 거다. 그 좋은 자리를 내놓고 싶겠나? 제대로 하려는 흉내라도 낸다.

대통령 바꾸자니까 비극을 정치적으로 이용한다고? 분명히 말하지만 난 염두에 둔 인물 없다. 나 따위기 밀어준다고 대통령이 되겠나? 국민으로서의 권리를 말하는 것이지 정치적 꼼수를 두겠다는 건 아니란 말이다. 헛소리하는 언론에 항의 방문했더니 상갓집 개 취급을 한다. 사과할 이유 없단다. 울분을 참지 못해 청와대로 향한 유족들과 시민들은 길바닥에서 밤을 새웠다. 모포라도 가져다주고 더운 차라도 대접하며 함께 토론하고 말리고 사죄하는 비서관 하나 없다. 이게 대통령은 그러고 싶었는데 참모들이 만류해서 벌어진 현상인가? 국민은 생목숨 죽어가는 상황을 생중계로 보고 있는 판에 온갖 쓰레기 법안을 통과시키는 국회를 멀뚱멀뚱 바라만 보는 대통령을 그대로 두자고? 어쩌면 이 기회에 법안 다 통과시키자고 했을지도 모를 대통령을 그냥 두라고?

당신들 참 딱하다. 대통령 홍위병 코스프레가 성숙한 시민의식이라고 생각하나? 프랑스 혁명이 아니었다면 지금 프랑스 국민이 그만 한 대접을 받겠나? 루이비똥만 탐내지 말고 그런 것부터 배워라. 혼란스러우면 경제가 망가져서 취업이 더 힘들어진다고? 호황이라도 채용 규모는 비례로 늘지 않는다. 재벌은 예비비만을 높이고 결국 딴 짓에 열을 올린다. 눈높이 낮춰서 중소기업으로 가라던 이명박을 벌써 잊었나? 월급 적고 근무 조건도 열악한 곳에 누가 가고 싶겠나 말이다. 중소기업이 왜 그리 형편없는 대우를 할까? 대기업의 횡포가 주된 요인이다. 박정희 이래로 대기업과의 정경유착이 중소기업을 착취하는 구조로 고착화된 결과란 말이다. 이 악순환을 끊지 않는 한 월급 많이 주는 중소기업은 없다. 박근혜는 어떨까? 몇몇 대기업을 견인차로 경제개발 계획을 서둘렀던 아버지가 신에 가깝다고 생각할 거다. TV에 광고하는 회사라면 최고 대기업이다. 그런 곳에 취업하고 싶은가? 미안하지만 전체 취업자 중에 5퍼센트 미만이 가능한 일이다. 당신은 그 5퍼센트 안에 들어가는 능력자인가? 바꿔야 한다. 살아남고 싶다면 바꿔야 한단 말이다. 촌티 나는 애국주의를 버려라. 당신은 국가를 사랑하는지 몰라도 국가는 당신을 세금을 위한 수단으로만 본다. 한 번쯤의 짝사랑은 애틋하지만 반복하면 루저로 보인다. 뭐 좀 아는 척, 현자인 척 까불지 마라. 먹물들은 먹물이라서 비겁하다만 당신들은 뭐 믿고 침착한가? 그대로 살겠다면 그래라. 혹시라도 내가 권력을 잡는다면 이승만, 박정희, 전두환, 이명박, 박근혜의 수준으로 그대들을 서슴없이 밟아주겠다.

2014. 5. 10.

그날이 왔다

나는 참극의 당사자가 아니라서 너희들이 매겨놓은 눈금을 의심한다.
저울눈을 속였음을 증명해야겠다. 고장 난 저울임을 세상의 바보들
에게까지 알려야겠다. 빈정거림으로 셈했을 테니 맞을 리 없다. 어디
다가 함부로 들이대는가. 너희들이 환산할 자격도 없지만 무게를 달
아보자. 울분으로 이성을 잃어도 그만인 마당이니까 어디 한 번 무게
를 달아보자.

슬픔은 바다보다 깊다. 해일로 덮칠 때마다 젖을 뿐이다. 바위보다 크
고 무거워서 슬픔이다. 저울로 들어 올려줄 사람 없다. 스러져 티끌
로 날아갈 때까지 짓눌린 채 뼈가 부서지고 살이 찢어질 일이다. 참
척慘慽 앞에 무릎 꺾인 여인을 저울에 올라오라 해야겠는가. 피붙이를
잃고 주저앉은 얼굴들에게 순서대로 저울로 오라 하겠는가. 줄은 너
희들이 서야 한다. 탐욕의 주머니가 불룩한데도 순서를 다투는 너희
들이 서야 할 줄이 있다.

몰랐구나. 우리들 분노란 [너희들 죄]를 달아보라고 신께서 주신 저울이다. 분노가 하늘을 찌를수록 [너희들 죄]도 그만큼 드러난단 말이다. [너희들 죄]를 캐내기 위해서라도 분노는 커진다는 뜻이다. 황금과 권력에 눈이 멀어 심판의 저울이 당도했음을 알아채지 못했구나. 눈치 보느라 종말이 내일임을 아직도 모르는구나. 슬픔은 숫자가 아니라 시간이란다. 무엇이든 환전換錢되는 셈법은 너희들이 환장하는 시장바닥에서나 통용된단다. 슬픔은 금액이 아니라 무게란다. 바다보다 깊고 태산보다 무거워서 달아 볼 저울이 없는 거란다. 어리석어 몰랐구나. 이제 알 필요도 없겠구나. 끝장 낼 거니까 알려줄 마음 또한 없구나. 나는 다만 종말의 날에 너희들을 찢어 저울에 올려보련다. 몰려들 지옥의 아귀餓鬼들에게 공평하게 던져주기 위해서 분노의 저울에 달아보련다. 줄을 서라. 심판의 저울이 있는지도 모르고 다투는 무리들아 줄을 서라.

2014. 5. 12.

피해자가 왕은 아니지만

오래된 일이라도 잊히지 않는다. 건설회사 모 아파트 현장에 공사과
장으로 근무할 때였다. 추락해 척추가 부러진 아주머니를 병원에 싣
고 간 적 있다. 보호자가 나타나지 않아 수술을 시작할 수 없는 상황
으로 정오가 되었다. 아침도 굶은 참인데 뒤따라온 후배가 국밥이라
도 먹고 기다리자 했다. 건성으로 한 술 뜨고 들어오다가 병원 로비
에서 그 아주머니 아들에게 복날 개처럼 맞았다. 사람이 저 꼴로 누
워 있는데 밥이 넘어가느냐고 별별 욕설을 다 듣고 눈에 불이 나도록
얻어터졌다. 내 아버지가 비슷한 사고로 돌아가신 지 2년 된 때였고
그 일 아니라도 피해자 아들은 오죽할까 싶어 반항도 하지 못했다. 벌
겋게 핏발 선 눈으로 나는 수술 끝날 때까지 로비 구석에 앉아 있었
다. 환자야 먹을 수 없는 상황이지만 가족들이 있으니 음료수며 간식
거리를 병실에 챙겨놓았다. 들어가기만 하면 덩치 큰 아들이 저 새끼
들 다 죽여야 한다고 소리를 질렀다. 사실, 냉정히 따져보면 우리도
할 말 많다. 최초 출역자니까 안전교육을 받고 현장에 들어가야 하는
데 슬그머니 그냥 일을 시작하다가 사고가 난 거였다. 사망 사고라도

나면 피해자들의 항의와 폭력이 상상을 초월하는 경우가 비일비재다. 상대방은 가족이 죽었으니 설사 본인 과실이 크다 해도 무작정 당하기만 한다. 그게 맞다고 생각했다.

피해자가 왕은 아니다. 위세를 부릴 일도 아니다. 그러나 피해자가 왕 맞다. 척추가 부러진 어머니의 아들보다 더 큰 충격을 받은 사람이 누가 있겠나. 그 아주머니 남편은 다니던 직장도 그만두고 간호하다가 과로로 먼저 돌아가셨다. 피해자란 이런 사람들이다. 슬픔의 왕인 것이다. 어느 누구보다 진하게, 어느 누구보다 오래 울어야 할 사람들이다. 번잡한 수습 기간이 지나고 나면 아무도 돌아봐주지 않는다. 또 언젠가는 명백한 본인 과실로 척추가 부러진 아주머니가 있었다. 산재보상법으로 최대한 보상을 했지만 딸과 둘이 어렵게 사는 집안 사정을 듣다가 병실에 주저앉아 펑펑 울고 말았다. 내 잘못은 아닌데 현장소장이니 죄송하다는 소리 말고는 할 말이 없었다. 피해자란 슬픔의 왕이면서 가장 허약한 사람들이다. 뼈가 물러 주저앉는 사람들이다.

세월호 유족들에게 시달림 당하면 어떤가. 욕설을 들으면 귀가 찢어지기라도 하나. 멱살 잡히고 뺨 맞는 게 그리 억울한가. 아무렴 그네들이 살의를 가지고 흉기라도 휘두르겠나. 형사사건이 아닌 다음에는 그런 사람 없을 거다. 그러니 당혹감에 휩싸인 그들에게 봉변을 당해도 견뎌야 한다. 가족이 참혹하게 망가진 채로 목숨을 잃은 모습을 보았다면 누구인들 눈이 뒤집히지 않겠나. 대부분이 본인들 슬픔의 무게 때문에 폭언도 행패도 오래 지속하지 못한다. 죄 없어도 그 자리에 있는 자체가 죄인이다. 더구나 유족이 행패를 부린 일도 없지 않은가. 다 키운 자식을 잃은 부모들이다. 여행 간다고 웃으며 나간 가족이 물에 불은 채 비닐봉지에 싸여 누운 모습을 확인한 사람들이다. 그대라면 가족의 죽음을 확인하고 담담할 수 있겠나. 그대라면 유족이 무슨 벼슬이냐는 말을 듣고 담담할 수 있겠나. 그들을 함부로 표현하지 말자. 옆집에 작은 우환이 생겨도 함께 걱정해주는 게 인간의 도리다. 죄를 키우지는 말자. 지옥에 가서도 다 씻지 못할 죄를 어쩌려고 그리 거듭하는가.

2014. 5. 12.

독해지는 이유

그날 이후에 피는 꽃은 모두 조화弔花다. 생존을 예감한 자매들인 양 봄꽃들이 서둘러 붉은 설움으로 다녀갔다. 흰 울음으로 미리 조문했다. 산벚나무 꽃무리가 유난스레 환했던 까닭을 이제야 안다. 손을 맞잡고 부둥켜안고 허공을 맴돌던 낙화를, 망각의 바닥으로 침몰하던 순간을 돌이켜본다. 가슴엔 도돌이표 붙은 진혼곡이 연주된다. 산목숨은 조문객이어야 옳다고 서쪽 하늘은 검붉은 향을 피워 올린다.

2014년 4월하고도 16일 이후의 꽃은 모두 조화弔花다. 꽃 진 자리마다 멍울이 맺혔다. 뒷산 산책로에 산딸기꽃 하얗다. 나이 어린 별이다. 어미의 통곡을 듣고 내려온 별이다. 아비의 등뼈가 으스러지는 소리 듣다가 견디지 못하고 쏟아진 별이다. 혼자 돌아갈 식구의 길목을 밝혀주겠다고 애쓰는 별이다. 지상의 슬픔에 흠뻑 젖어 다시는 하늘로 올라가지 못할 별이다. 눈 마주치면 더는 걸음을 이끌 수 없는 별이다.

조화弔花라고 항변하겠다. 당신들에겐 화사한 꽃일 뿐이냐고 반문하겠다. 꽃을 보며 서글프지 않다면 심장도 없는 짐승이라고 비난하겠다. 꽃보다 눈물을, 꽃과 함께 장탄식을, 꽃 때문에 절망을 짊어진 사람들을 외면하느냐고 돌을 던지겠다. 내게는 더 이상 꽃이 꽃은 아님을 책임지라고 주먹에 힘을 주겠다. 우리들에게서 빼앗아간 꽃을 돌려달라고 외치겠다. 돌려줄 당신들도 아니고 돌려줄 방법도 없으니 지옥에나 가라고 떠밀어버리겠다. 불꽃에 휘감겨 죽지도 못하고 영원히 펄펄 끓으라 저주하겠다. 당신들에게는 불꽃만이 꽃이다.

민중극장

영화나 연극 보신 적 있습니까? 옆자리 관객과 팔꿈치 신경전을 벌인 적 있습니까? 덩치도 크고 마늘 냄새나는 남자 옆에 앉아서 곤욕을 치른 적 혹시 있습니까? 팝콘 사느라 길게 줄을 서서 기다린 적 있습니까? 성장 환경이 다르니 경험 없는 일들이겠습니다. 이 자체를 평가할 일도 아닙니다. 다만 국민들과 소통할 수 있는 통로가 제한적이겠다는 생각이 듭니다.

비밀의 장막 안에서 사시던 분이라 제가 기억하는 건 고故 노무현 대통령을 비하하는 연극을 보며 박장대소하던 모습입니다. 입에 담기도 거북한 욕설이 난무하던 연극이었죠. 신문마다 각자 자기편을 옹호하느라 난리였습니다. 그런 연극을 정치풍자극이라 한다는데 제가 봐서는 풍자가 아니라 치졸함입니다. 당시에는 고 노무현 대통령이 만만하고 함부로 엎어도 괜찮다 싶었던 모양입니다. 요즘은 대통령을 뭐라 부르는지 아십니까? 성격 뻔히 아는데 누가 알려주는 모험을 하겠습니까. 곰곰 생각해보시기 바랍니다.

현재 민중은 지옥의 극장에 갇힌 관객들입니다. 당장에 영화를 끝내라고 명령할 사람이 누구겠습니까? 참혹한 상면을 편집할 권한이 누구에게 있겠습니까? 짐승만도 못한 시나리오가 화면에 펼쳐졌더라도 당장 멈추게 할 힘이 대통령에게 있습니다. 국가의 경제활동 전부를 감시하기 곤란하고 법망을 빠져나가는 종자들도 항시 있었으니 비극이 벌어졌을 때라도 신속하게 처리해야 합니다. 후속조치는 말 그대로 수습한 후에 조사를 통해 구축하는 겁니다. 가용자원 전부를 쏟아 부으라고, 비용 문제는 정부가 구상권을 행사해서라도 보충하겠다고 확신을 보였어야 합니다. 그리 했습니까? 현장에서 처벌 운운하는 건 일 처리의 맥락을 전혀 모른다는 뜻입니다. 자신은 처벌이나 하는 사람이고 수습은 알 바 아니라는 발뺌에 불과합니다. 그러니 같은 일을 두고 대통령이 두 번이나 사과를 하는 꼴이 생긴 겁니다. 대통령 사과가 아파트 관리소장의 소독 안내방송은 아닙니다.

파렴치가 만발한 세상입니다. 가치가 전도된 탐욕덩어리 사회입니다. 300명 넘는 희생자가 지렛대로 작용했습니다. 민중의 분노가 지렛대를 눌러 바윗덩어리를 뒤집을 겁니다. 초원의 들꽃만을 보여달라는 건 아닙니다. 종편채널의 막장 드라마도 싫습니다. 상식이 통하는 모습을 요구하는 겁니다. 입장권 사서 들어온 관객이 그럴 권리가 있는 것처럼 투표권을 가진 민중 역시 대통령에게 올바른 자세를 보이라고 요구할 수 있습니다. 문을 박차고 나가서 책임자 모두를 몰아낼 참입니다. 미안하지만 이 극장은 민중의 것이지 대통령 가족극장이 아니란 말입니다. 아버지에게 물려받았다는 확신은 본인만의 착각입니다. 배우지 못한 부분일 테니까 이 기회에 구미 어디쯤으로 낙향해서 학습하시기 바랍니다.

제2부

참을 수 없는,
참을 이유도
없는 눈물

2014. 5. 14.

엄마, 나 여기 있어요

현관 보조키 열어놓지 말아요. 문이 잠겼어도 들어갈 수 있게 됐어요. 새벽바람 차가운데 창문도 닫고 주무세요. 어쩌죠 엄마. 어제 밤에도 웅크린 엄마 머리맡에 앉아 있다 왔는데 젖은 몸이 마르지 않아서 방 바닥에 물기를 남겼어요. 운 거 아니어요. 이젠 울지 않아요. 여기 왔어도 엄마가 보고 싶은 마음은 줄지 않지만 이상하게 담담해요. 바람처럼 허공으로 날아오를 수 있고 어디든 생각나는 곳으로 단번에 갈 수 있어요. 엄마 가냘픈 발목을 주물러드리고 싶었는데 아무리 애를 써도 만져지지 않았어요. 아빠 어깨가 동그랗게 보였는데 힘내시라고 두드려드렸지만 모르시더라고요.

우린 명단에 없다고 기다리래요. 당분간 가시나무를 키우라는데 꽃이 노랗고 예뻐요. 꽃은 우리가 맘대로 따서 방에 가져가도 되고 책갈피에 말려서 친구들하고 나눠가지래요. 탱자나무보다 가시가 억세고 커다란데 조만간 우리를 여기로 오게 만든 사람들 불러다가 발가벗겨서 몸에 감아줄 거래요. 그 사람들은 밥을 주지 않고 바닷물만 마시게 될 거라네요. 그 모습조차 보기 싫어서 그만두자 했는데 여기 법은 예외가 없다네요. 힘센 사람도, 부자도, 정치인도 여기서는 똑같은 하나일 뿐이라네요.

옷 투정해서 미안해요. 여기 오니까 소용없더라고요. 진즉에 철들었으면 아침에 엄마랑 싸우지도 않았을 건데, 아빠한테 우린 왜 가난하냐고 소리 지르지도 않았을 건데 미안해요. 이상해요. 왜 어디 멀리 갈 때는 꼭 엄마하고 말다툼을 하나 모르겠어요. 웃으면서 안아드리고 나올 걸 그랬어요. 언니 옷도 돌려주지 못하게 됐어요.

진도엔 이제 가지 말아요. 나 거기 없어요. 오가는 길 멀고 위험하잖아요. 차비도 많이 들어요. 바닷가에 앉아 있는 엄마 아빠 내려다보면 가슴 아파요. 잊어야 할 원망이 자꾸만 커질 거 같아요. 나를 위해서 엄마 아빠를 위해서 진도에는 가지 말아요. 친구들하고 나머지 어른들 전부 찾고 나면 다시는 가지 말아요. 엄마 아빠 나 여기 있어요. 언제나 엄마가 돌아보면 바로 앞에 있어요. 아빠가 손을 모아 쥘 때마다 그 안에 내가 있어요. 울지 말아요. 엄마가 자꾸 울면 내 몸이 마르지 않아요. 바닷물보다 눈물이 더 짜고 쓰라리다는 걸 이제 알아요.

2014. 5. 16.

온기

통곡의 울림 때문에 강철 뼈를 가졌어도 무너졌을 일이다. 늙어가는 사내의 등이 출렁인다. 풍파를 견뎠을 어깨가 휘청거린다. 가족이라면 업고 히말라야라도 넘었을 무릎이 풀려버린다. 사내는 우는 거 아니라는 말은 누가 했는가. 사내가 아니라 아비로서 운다. 아비니까 숨죽이고 돌아서 운다. 이제 다 끝났다고 아내 손을 잡는다. 오후 햇살이 깊숙이 들어와 발치에 머뭇거린다. 어두운 곳에서 숨이 끊어졌으니 빛이라도 한 줌 넣겠다는 조문이다. 은사시나무가 이파리를 흔든다. 가까이 걸어올 수 없더라도 작별인사는 하겠다는 뜻이다.

꿈일 거라고 어미가 운다. 오늘 밤엔 집에 올 거라고 어미가 몸부림한다. 바다는 말라도 눈물은 마르지 않을 듯이 어미가 운다. 부축하던 사람도 손수건 꺼낼 겨를 없이 울대가 막혀버린다. 같이 죽어버리자고 손을 놓는다. 정신 차려야 한다고, 새끼가 하나 또 있으니 살아야 한다고 등을 때린다. 살아 있는 짐승의 가죽인 양 북소리가 울린다. 눈물로 무두질한 소리다. 울음과 섞이는 울림이 구명조끼도 없이 떠오른다. 창밖으로 퍼지며 남해바다 쪽으로 날아간다. 길을 비켜주는 구름들 안색이 붉다. 서둘러 나온 태백성이 끔벅거리며 울음을 참는다.

아직 온기가 남았다고 흐느끼는 아내에게서 유골함을 빼앗아 넣어버린다. 이제 끝났다며 아비가 운다. 오래 울면 아이도 쉬지 못한다고 아내를 말린다. 유골함은 칸막이 안에서 혼자 식는다. 엄마 아빠 살아 있는 동안은 식지 않을 거라며 혼자 기다린다. 집 나서던 아침의 미소처럼 유골함이 반짝거린다. 괜찮다고, 괜찮다고, 나중에, 나중에 다시 만나자고.

2014. 5. 17.

누명
— 진도체육관

악마들이 세운 학교다. 졸업도 없이 슬픔만을 복습하는 곳이다. 자식을 빼앗겼다는 죄 아닌 죄가 신분이 된 사람들이다. 평생 겪어도 남을 통증을 하룻밤에 필사해야만 한다. 새벽이면 밀물로 채워지는 슬픔을 종일 암송해야만 한다. 당신들 아들 딸이 두고 간 애물이니 부모가 삼키는 게 당연하다고 악마들은 외면한다. 막무가내 떠넘긴다. 부과된 슬픔의 소유권은 합당한가. 저지른 자들에게 보내야 옳지 않은가. 남겨진 아비가 짊어지면 억울하지 않은가. 어미가 부둥켜안아야 한다면 행인도 가슴 칠 일 아닌가. 위탁도 승계도 할 수 없는 슬픔만 창궐猖獗한 학교다. 체육관이 아닌 거다.

이유를 모른 채 입학한 부모들이다. 잘못 없이 소환당한 얼굴들이다. 출석을 부른다. 호명당하면 비명으로 달려 나간다. 시신 찾은 부모에게 축하한다는 인사가 어색하지 않은 시간들이다. 들어오는 순간 문이 잠긴 교실이다. 침묵만 부유하는 천장이다. 혹시나 담요 옆자리를 비워놓는 마음이 바닥으로 스며들어버린다. 새 담요 한 장을 펼치지 않고 기다리기만 한다. 혼절과 어질병이 귀신처럼 내려다본다. 자식의 이름을 목에 걸고 호명만 기다린다. 수인번호보다 독한 명찰이다. 평화와 행복이 말살됐다는 신분증이다. 감형 없는 무기수가 되었다. 낙인이라도 저보다는 덜할 일이다. 혼이 녹아내린 육신들만 수업 받는다. 체육관이 아닌 거다.

악마는 이들을 죄인이라 칭한다. 누명이라 항변할 힘도 없는 부모들이다. 슬픔엔 감형이 없더라도 누명은 벗겨줘야 옳지 않은가. 우리들 주변을 서성거리는 누명 아닌가. 당신도 나도 당할 수 있는 누명 아닌가.

2014. 5. 18.

별에서도 아는 비극

한 사내가 있다. 쭈그려 앉아 머리 감다가 뒤통수로 쏟아지는 물에 소스라치게 놀라 일어선단다. 목을 감아 조이는 것 같아 심장이 오그라든단다. 샤워기 물줄기 앞에 망연히 서 있다가 갑자기 뒤로 떠밀리는 느낌이어서, 한 발 물러서면 지옥이라는 예감으로 숨이 멎는단다. 당연히 왼쪽이 더운물인데 오른쪽으로 돌리는 바람에 찬물이 쏟아진단다. 찬물이 몸에 닿으면 육신이 녹아내리는 통증을 느낀단다. 물방울 하나하나가 비수 되어 찔러댄단다. 술을 마셔도 취하지 않고 밥은 넘어가지 않는단다. 방에 누우면 꽉 막힌 선실이 떠올라 비명을 지르곤 한단다. 암흑 속에서 얼마나 더 숨을 이어갈 수 있을까 겁이 난단다. 춥지 않은데 손이 떨리고 온수에 담가도 손이 차갑고 수건을 쥐고 있어도 손에 진땀이 난단다. 멀찍이서 보면 꺾어질 듯한 노인이고 가까이 보면 중년 얼굴이고 뒷모습은 유령이란다. 말을 잃었는데도 옆에 앉으면 중얼거림이 들리고 세상에서 그보다 낮은 음계가 없단다. 심장을 찔린 짐승의 울부짖음과 다르지 않단다. 악수라도 나눈 사람은 물기가 번져와 오래도록 마르지 않는단다. 짜고 쓰고 비린 맛에 휘감겨

서글프단다.

파릇한 아이들이 배에 갇혀 죽었단다. 죽어가는 광경을 지켜만 봤단
다. 아직 저 안에 생목숨이 버둥거릴 거라고 절규했던 사내란다. 자
식 먼저 저승 보내고 뼈 없는 바람으로 서성거린단다. 책임지지 않을
거면 내 새끼 살려내라고 길바닥에 주저앉아 우는 아비란다. 사과도
필요 없으니 내 새끼 살려달라고 무릎 꿇은 아비란다. 푸른 별, 지구
라는 곳이란다. 푸른 슬픔이란다.

2014. 5. 20.

들릴 거라고 믿어요

아빠, 죄송해요. 아빠가 없을 때 장남이 가장이라 하셨는데 이렇게 됐
어요. 동생과 엄마를 챙기는 게 남자라고 하셨는데 동생도 엄마도 나
만 찾아요. 여기까지 들려요. 지방으로 일 나가실 때마다 아빠는 엄
마를 부탁한다고 웃으셨죠. 이제 제가 하게 됐어요. 아빠가 세상에서
제일 사랑한다는 엄마를 부탁해요. 지금까지 아빠가 잘하셨는데 이
상하게 부탁하고 싶어요. 나도 세상에서 엄마를 제일 사랑하거든요.

남자는 힘만 세면 되는 줄 알았어요. 우리끼리는 터프하고 욕도 해야
남자라고 생각했어요. 공부 못해도 출세할 수 있다고 주먹을 쥐곤 했
어요. 철봉에 거꾸로 매달리면서 세상도 이렇게 뒤집히면 좋겠다고 웃
던 날도 떠올라요. 배에서 그랬던 것처럼 다들 가만히 앉아 있어요. 방
송도 없는데 선생님까지 가만히 앉아 계세요. 여기가 어딘지 모르겠
어요. 환하고 따듯해요. 친구들끼리 모여 있어요. 아픈 곳도 없고 젖
은 몸도 다 마르고 옷도 깨끗해요. 슬프지 않고 눈물도 나지 않는데 무
언가 아득해요. 희미해지는 것 같아요. 말하는 사람이 하나도 없어요.

아빠, 죄송해요. 혼자 큰 줄 알았어요. 어른이 된 줄 알고 아빠한테 소리도 질렀어요. 배가 뒤집히니까, 물이 들어오니까 덜컥 겁이 났어요. 저절로 엄마 아빠를 불렀어요. 캄캄해지니까 이젠 죽는구나 생각했어요. 눈물이 났어요. 이럴 줄 알았으면 엄마 속상하시지 않게 아침이라도 꼬박꼬박 먹고 나올 걸 그랬어요. 친구들하고 공원에서 노는 거 싫어하시는 아빠 말씀을 고분고분 들을 걸 그랬어요. 동생 때린 거 미안하다고 전해주세요. 아니, 들렸을 거예요. 아빠 없을 땐 그 녀석이 가장인 셈이네요. 이럴 줄 알았으면 미리미리 교육 좀 시킬 걸 그랬어요. 이럴 줄 몰랐어요. 우리를 구해줄 거라고 믿었거든요. 이럴 줄 몰랐어요. 여기서 누군가가 어디로 가라 하면 들어야 옳을까요? 엄마 아빠에게 돌아가야 한다고 울면 들어줄까요? 이건 아니라고 누가 큰 소리로 외쳐줄 수 없나요? 제 목소리가 들리시나요? 들릴 거라고 믿어요. 엄마를 생각하면 차라리 들리지 않았으면 좋겠어요. 이 소리는 아빠에게만 들릴 거라고 믿어요. 엄마를 부탁해요. 아빠도 울지 마세요.

2014. 5. 20.

안산 임시합동분향소

실종된 아이들 숫자대로 차려진 단상
빈 칸이 더 많은 영정들 앞에 서서
누가 누구에게 기다리라 해야 옳은지 몰라 울었다
다 채울 때까지는 죽어도 죽지 못하는
지옥에 묶여 있는 것만 같아 울었다

후원 꽃사과나무는 만발해 흥건하다 너희들 깨알 같은 웃음소리가 향기와 버무려지면 늦은 수업 끝난 봄밤도 달달했을 텐데 어둔 길 마중 나오던 엄마도 아빠도 여기 없다 눈 붉은 어른들만 서성거린다 동그랗게 모여 선 또래 아이들 등이 출렁거린다 아무도 눈을 맞추지 않는다 엄마 아빠는 낯선 항구에서 바다만 보고 있겠다 황망히 걷는 망부석으로, 눈물이 마르지 않는 망부석으로 앉았다가 일어서고 뼈가 물러진 시신처럼 주저앉겠다 진도 앞바다는 살이 녹는 통증으로 비워지는 썰물이겠다 세상을 적시고도 남을 눈물로 채워지는 밀물이겠다 바다가 멈춘다면 엄마도 아빠도 잊을 수 있겠다

기다려도 소용없음을 알면서 기다리는 형제들
영혼이 젖어버려 누워 있는 친구들
표정을 감추느라 컴컴해진 하늘도 운다
뾰족했던 별들이 물렁하고 둥근 눈물로만 보인다

2014. 5. 21.

주인 잃은 잔소리들

.

게으른 녀석 같으니 얼른 일어나. 공부는 언제 하려고 게임기만 만지
냐. 밥 먹고 가라니까 또 그냥 나간다. 매정한 놈 여자친구가 엄마보
다 좋으니. 아빠 일찍 오신다니까 야자 끝나고 곧바로 와. 밤에 자전
거 타지 말라 그랬지. 책상이냐 시장바닥이냐 넌 분명 아빠 닮은 거
야.

망할 지지배 교복이면 됐지 무슨 옷타령이니. 너네 반 애들도 너처럼
분 바르고 다니냐. 요즘 애들 참 못 말리겠다. 엄마가 보기에는 예쁘
기만 한데 뺄 살이 어디 있다고 밥을 먹다 마니. 교생 새로 왔니. 갑
자기 왜 그래. 옷이 허물도 아니고 제대로 벗어놔야 빨아서 정리하지.
아빠 생각해서 공부 좀 열심히 해.

부모는 몇 번이고 망설이다 문을 열었을 것이다. …… 잔소리들이 비
수로 날아온다. 너희들이 방에 있을 때는 잔소리에게도 체온을 나눠
주어 말랑했다. 일요일 오전처럼 널브러졌어도 정리할 수 있었다. 오

래 두어도 딱딱해지지 않았을 텐데 받아줄 너희들이 없다. 책상에 서랍에 옷장에 그득해도 투덜거리지 않던 너희들이 없으니 잔소리가 날을 세운다. 곱게 말해줄걸, 또래들이 다 하는 짓인데 닦달하지 말걸, 타박보다 칭찬을 더 해줄걸 그랬다는 후회만 빈방에 웅크려 있다. 삐딱한 책들을 건드릴 수 없다. 너희가 만진 자리 아니냐. 덜 닫힌 서랍을 밀어 넣지 못하겠다. 갑갑할 거다. 꽉 막혀 무서울 거다. 건드리면 남아 있는 체온이 흩어질 것 같아 아무렇게나 벗어놓은 바지를 반듯하게 개키지 못하겠다. 큼큼한 냄새가 왈칵 눈물을 부른다. 잔소리란 해대는 부모의 것인지 받는 너희들이 주인인지 알지 못했었다. 너희들 것이었다. 주인 잃은 잔소리들이 울부짖는다. 날카롭고 딱딱하고 표정 없이 달려든다.

꽃 진 자리처럼 가슴에 울혈만 출렁거리는 봄이다. 너희들이 학교를 나서던 저녁까지가 봄이었다. 안산에 더 이상 봄은 없다. 봄을 빼앗아 간 자들만 봄날이다.

2014. 5. 23.

첨단보다 샤머니즘

학생이니 승선할 때는 반별로 했겠지. 귀밑머리 솜털 보송한 초보 선생님과 지긋한 반백의 선생님 모두 분주했겠지. 제주로 가는 배라고만 알았겠지. 차가운 개펄에 몸을 묻으리라고 짐작이나 했을까. 바닷물이 폐를 찢으리라고 꿈에도 상상하지 못했겠지. 바닷물이 기도와 식도로 동시에 들어오는 상황이란 죽음이 목전일 때나 경험하는 참혹이지. 수영장에서의 잠깐이라도 잊히지 않는 기억이 되지. 영혼도 기억한다면 오래도록 짜디짠 구토에 시달리겠지.

학교 건물보다 큰 배가 지구를 도는 세상이 무슨 소용인가. 사람이 달에 다녀오는 기술도 무슨 효용이 있는가. 망망대해도 아니고 칠흑도 아닌 섬과 섬 사이 동네 강물 같은 바다에 생목숨을 수장하고 건지지도 못하니 사람이고 기술이고 무슨 소용인가. 기술이 없겠나. 운용하는 영혼이 없지. 장비가 모자랐겠나. 마음이 다급하지 않았겠지.

신은 몸이 없어 스스로 단죄의 벼락을 내릴 수 없지. 거기까지만 생각하는 인간들이 숱하지. 신은 인간을 빌려 단죄함을 모르는 거지. 죄악을 저지른 장본인의 몸으로, 그가 사랑하는 사람의 몸에 잔혹한 처벌을 가함을 모르는 거지. 내가 가진 신이란 이런 존재지. 지금까지 내가 본 모습들과 비슷할지 다를지 몰라도 내가 기대하는 신은 단죄와 복수를 주저하지 않지.

영혼들이 움직임을 시작하는 자정이면 바닷가로 나가 아들을, 딸을 부른단다. 부모의 애달픈 초혼에 아이들이 돌아온단다. 꿈에 본 모습을 애원하고 애원해서 결국은 아들을 찾아냈단다. 운동화 한 짝이 바다를 떠돌아 건졌단다. 수소문하고 애원해서 나머지 한 짝도 찾았단다. 나란히 두면 주인이 자정에 다녀가나. 운동화에 발을 넣으면 당장 집으로 달려가고 싶어 울렁거릴 텐데 그 어린 영혼이 캄캄한 바닷가에서 혼자 울고 있겠다. 죄 없이 엄마, 아빠에게 미안하다고 오열하겠다. 이러니 샤머니즘의 무대 아니냐. 원시부족의 행태 아니냐. 누구냐. 도대체 누가 첨단기술의 시대를 뒤집었나. 평범한 부모가 샤먼을 자처하게 만들었냐 말이다.

2014. 5. 25.

해독되지 않는 유언들

하늘은 비에 젖어 무거운 걸음이다. 어제보다 천천히 어두워진다. 젖은 아스팔트에 그어지는 타이어 파문을 본다. 선명했다가 이내 지워진다. 할 말이 있다는 뜻일까. 길게 말할 수 없으니 놓치지 말아달라는 심정일까. 누구든 보면 전해달라는 간절함일까. 지워진 위로 다시 파문이 반복된다. 눈을 감으면 소음이 파도소리로 들린다. 바다가 그리울 때마다, 장마철이면 반복하던 습성인데 오늘은 날카롭게 들린다. 어깨로 덤프트럭이 지나가는 느낌이다. 피해자 가족들에게는 선잠 들었다가 악몽에 쫓겨 깨어난 저녁이다. 오래 앓다가 잠시 몸을 추스른 불치병 환자처럼 망연히 앉아 있는 그들의 저녁이다. 몸은 돌아왔는데 심장은 두고 온 것 같은 그들의 저녁 속으로 나도 침몰한다.

몸을 잃었으니 말할 수 없겠다. 몸을 잃었으니 글로 남길 수도 없겠다. 망가지지 않으려고 두 손 꼭 쥔 채 청포묵처럼 돌아온 육신 앞에 울었겠다. 이게 전부는 아니라고, 영혼이 있지 않느냐고 절규했겠다. 영혼까지 데려다 달라고 혼절했겠다. 영혼들이 바람을 불러다 새기는 유언에 바다는 잠잠할 순간이 없겠다. 바다를 다 채워도 써야 할 사연들이 남겠다. 이승을 떠났으니, 이승의 문자마저 빼앗겼을 테니 솟아오르는 상형문자를 해독할 길 없겠다. 부서지면서도 거듭하는 포말의 속뜻을 이해할 수 없겠다. 천륜이 끊어졌으니 언어마저 달라지는 엄혹함이겠다. 천륜을 끊은 자들의 소중한 무언가도 끊어진다는 암시라면 한이 덜하겠다. 하늘이 청명하면 청명해서 슬프고 비가 내리면 비가 내려서 아프겠다. 듣는 사람도, 보는 사람도, 사람이라면 아프겠다. 비 온다. 비 오는 일요일 밤이다. 한 번 젖은 가슴은 다시 젖지 않는다. 평생 마르지도 않는다.

2014. 5. 26.

밥이라도 한 그릇

　　휘청거리는 오월이다 뒷산 비탈에서 아까시 향기가 흘러내린다 첫 새벽에 퍼 담은 향기로 쌀을 씻어 안친다 푸른 불꽃이 파도의 몸짓으로 솥을 어루만진다 펄펄 끓는 오월 까무룩 혼절하듯 잦아지며 뜸 드는 오월이다 햇살보다 잘 퍼진 이밥 한 그릇 고봉으로 담아 올린다 제삿상이란 남은 자가 영혼의 허기를 짐작하는 자리여서 수저 들 사람은 없다 후후 불며 넘길 사람은 오지 않는다 안산에서는 오월도 가난하다 저녁상의 빈자리가 채워지지 않는 오월이다 다 끝내고 삼우제 치르느라 지어 올린 고봉밥만 혼자 식는다

　　부모가 유명을 달리해도 삼 일을 기다리다 염을 하는데
　　시신이 행여 숨을 되찾아 움직이면 쉽게 풀리도록 결박하는데
　　젖어 돌아온 목숨
　　혹시 모르니 기다리자고 울부짖지도 못하게 망가져 돌아온 목숨
　　서두르지 않아도 서두른 셈이어서 남은 자는 서럽고
　　돌아와도 서럽고 다시 또 보내려니 참혹한 목숨

그날 이후로 기울었던 달도 차오르는데 너는 없다 서둘러 왔어도 늦어버린 이팝꽃이 죄 없이 죄스럽다고 만발했나 고봉밥 고봉밥 끼니를 제때 때워본 적 없는 영혼들의 고봉밥이 노제路祭도 없이 지나간 길가에 혼자 뜨겁다 상에 올린 밥이 식었으니 대신하라고 식지는 않을 밥이라고 이팝꽃 만발했다 내년에도 후년에도 기억할 사람 모두가 바닷속 사람들이 간 곳으로 떠날 때까지 서둘러 오겠노라고 이팝꽃 만발했다 고봉밥 고봉밥 그득한데 남은 자도 떠난 자도 숟가락을 들지 않는다

2014. 5. 28.

응원보다 기억의 힘을

요셉이란 친구를 아십니까? 아마도 개구쟁이일 테고 때론 밥 먹으란
소리에 꿈쩍 않고 게임기만 붙들고 씨름하기도 했을 겁니다. 자기가
좋아하는 여자아이가 놀이터에 나오면 힐끔거리다가 모래판에 엎어
졌겠죠. 친구와 싸우고 펑펑 울다가도 엄마가 보이면 씨익 웃을 줄 아
는 영판 사내아이라는 느낌도 있습니다. 아빠한테 팔씨름하자고 고
사리 손을 겨누던 일요일은 언제였을까요. 맨날 형이 입던 옷만 준다
고 입 내밀던 아침도 요셉이네 집에선 흔한 나날이었겠죠. 그랬을, 그
런 요셉이가 있습니다. 지금 혼자랍니다.

구명조끼 들고 아이 기다리던 엄마를 기억하십니까? 세월호 동영상
에 나왔던 엄마 말입니다. 자신이 죽을지도 모를 상황이었죠. 아시겠
지만 목숨을 잃었습니다. 아들만 둘이었다는데 형은 엄마 아빠와 함
께 가라앉았죠. 동생이 여덟 살이니 형도 열 살이나 됐을 겁니다. 엄
마와 형은 발견되었고 아빠는 아직 물속 어딘가에, 캄캄한 선실 구석
짐짝 밑에 깔려 있을 겁니다. 찾아내야죠. 목숨은 잃었더라도 육신은

뭍으로 데려와 편히 보내줘야 도리입니다. 천방지축 아들 둘을 기다리던 엄마의 모습을 기억합니다. 자신은 구명조끼도 입지 않은 채 쪼그려 앉아 어딘가를 바라보던 모습 말입니다. 안산 시민광장에서 그 영상을 보고 울었습니다. 사랑이란 게 저렇구나 싶어 아득했고 내 몸도 저런 사랑으로 이루었구나 싶어 울었습니다. 공감도, 애달픔도 떠오르기 전인 슬픔의 발원지를 만난 기분이었습니다.

요셉이 혼자 남았습니다. 어린 것이 어찌 살아가야 할까요? 외삼촌 집에서 학교에 다닌답니다. 화장실서 혼자 울더니 요즘은 잠잠하답니다. 단념을, 포기를, 끝을 알아버린 겁니다. 딸이 제 새끼 기다리고 앉아 있는 모습을 본 요셉이 외할머니는 또 오죽했겠습니까. 홀로 남겨진 외손자와 눈이 마주칠 때마다 억울하게 죽은 딸 생각으로 전신이 찢어지는 통증을 느낄 겁니다. 녀석이 혼자 성장하면 할수록 눈이 짓무를 겁니다. 누가 이 가족을 흩어버렸습니까? 어느 누가 무슨 권리로 이 가족의 행복을 바다에 던졌습니까? 그러고도 웃고 음식을 삼키고 엉뚱한 소리나 지껄이면 되는 겁니까?

혼자 남은 요셉이를 응원하자는 말씀은 드리지 않겠습니다. 성금 보내자는 제청도 아직은 싫습니다. 녀석이 철들고 세월호 사건을 하나하나 읽기 시작하면 삐뚤어질까 걱정입니다. 세상에 대한 원망만을 키우며 어른이 될까 두렵습니다. 당신들이 해준 게 뭐냐고 소리 지른다면 시선을 어디에 둬야 할지 막막합니다. 외삼촌이, 외할머니가 챙기리라 믿겠습니다. 남은 가족이 가녀린 영혼을 보살피리라는 확신으로 안도하고 싶습니다. 저는 다만 기억하겠습니다. 엄마도 아빠도 형까지도 모두 잃고 혼자가 된 요셉이가 무능한 세상 어딘가에서 성장하고 있다는 걸 기억하겠습니다. 참극을 저지른 저들이 느긋하게 잠든 시간에 요셉이가 혼자 울고 있을 거라는 예감을 희석시키지 않겠습니다. 동정이 아니라 의무입니다. 애정이 아니라 본성입니다. 아직은 이 말만이 유효하다고 생각됩니다. 요셉이라는 여덟 살 아이가 혼자 남았습니다.

2014. 5. 30.

처음이 마지막

패자부활전이란 말이 낭만적으로만 들린다. 실패한 사람들을 모아 다시 한 번 기회를 주는 장치이고 제도다. 스포츠에서는 반전 재미를 더하는 경우가 많다. 우리 사회는 어떤가. 공평한 게임을 펼치기도 힘들지만 지면 끝이다. 탈락하면 회생의 기회가 없다는 거다. 사회안전 망이란 말도 남의 나라 공염불로 들린다. 추락해도 에어매트가 있어서 툭툭 털고 일어나 재도전해야 옳은 것 아닌가. 회사에서 잘리면 당장 갈 곳이 없고 어렵사리 재취업을 한다 해도 수입이 절반 이하로 꺾인다.

상실은 우리들에게 무작위로 닥치는 일이다. 가족을 잃을 수 있고 직장에서 잘릴 수도 있고 흔하게는 연인과 헤어지는 일도 허다하다. 가족을 잃고 비탄에 빠져 생업마저 망가지는 사람들 많다. 직장에서 잘려 우울증에 시달리고 경제적 치명상으로 쓰러지기도 한다. 헤어지자는 연인 집에 찾아가 칼부림을 하는 친구도 종종 사회면에 실린다. 우리는 상실에 대한 교육이 진행되었는가. 대형사고에 따른 후유증에 대해 지속적이고 치밀한 치료가 진행되었는가. 기필코 손에 넣어야 한다고 몰아붙이기만 하지 않았는가. 실패해도 괜찮다는 믿음이 유통된 적 없다. 조급증과 두려움만 밀거래되었을 뿐이다. 조금 늦되면 어떠냐고 아이들 등을 두드려주지 않았다. 가차 없이 벼랑으로 밀어내고 그만이다. 그러지 말아야 한다는 걸 알면서도, 자신도 그 꼴이 될 수 있다는 두려움을 가졌으면서도 우리는 밀려나지 않으려 아등바등하기만 했다.

세월호 때문에 요즘 엄마들이 아이에게 공부하란 채근을 덜 한단다. 그 심정 백 번 공감한다. 나 역시 밤늦게 들어오는 아들을 보면 안도감을 느낀다. 멀쩡하게 살아만 있어도 고맙겠다는 생각까지 한다. 이건 병든 사회다. 위험을 무릅쓰고 열정을 불태워야 할 청년들에게 단지 안전함을 기대하고 있으니 말이다. 실패해도 기회가 또 있으니까 도전하라고 문을 열어줘야 마땅할 어른들이 숨죽여 안전기원제를 지내는 판이니 병들고 썩어가는 사회다. 처음이 마지막이 되어서는 발전이 없다. 저만치 앞에서 출발하는 자들만이 승리할 뿐이다. 단 한 번의 기회라서 불법과 반칙도 용인되고 불사한다면 퇴락하는 사회다. 그러나 절체절명의 한 가지는 목숨이다. 목숨은 패자부활이 없는데도 우리는 늑장부리고 무능하고 기만을 일삼는 정부를 보았다. 남은 가족들이 얼마나 깊은 나락으로 떨어질지 걱정이다. 이토록 비정한 사회가 그들에게 언제까지 관심을 보일지 막막하다. 슬픔보다 분노를 앞에 두어야 할 때다. 이런 감정의 뒤집힘이 외려 당연한 것만 같은 세상이다.

2014. 5. 31.

불량품들의 전성시대

조○○ 목사는 지난 20일 한기총 회의실에서 열린 긴급임원회의에서 "가난한 집 아이들이 수학여행을 경주 불국사로 가면 될 일이지, 왜 제주도로 배를 타고 가다 이런 사단이 빚어졌는지 모르겠다"라고 지 껄였다. 아울러 "박근혜 대통령이 눈물을 흘릴 때 함께 눈물 흘리지 않는 사람은 모두 다 백정"이라고 핏대를 세웠다. 당신은 울었는가? 박근혜가 눈도 깜박이지 않고 버티면서 끝내 액체를 쥐어짜고 카메 라는 클로즈업까지 해대던 그 순간에 당신은 대통령 불쌍해서 어쩌 냐고 평평 울었는가? 울지 않았다면 거짓말쟁이 목사고 울었다면 당 신은 악어다. 울지 않은 나는 기꺼이 백정이 되겠다. 단, 악어 배를 가 르는 백정이다. 또한 명성교회 김○○ 담임 목사는 "하나님이 공연히 이렇게 침몰시킨 게 아니다. 나라를 침몰하려고 하니 하나님께서 대 한민국 그래도 안 되니, 이 어린 학생들 이 꽃다운 애들을 침몰시키 면서 국민들에게 기회를 주는 것"이라고 말했다. 당신도 인간 아니다. 인간의 거죽을 어디서 구했는지 몰라도 당신은 분명 인간 아니다. 아 울러 당신이 이용해 먹는 신은 목적을 위해 수단 방법을 가리지 않는 공산당이다. 피해자라는 말의 뜻조차 모르는 사이코패스를 신이라고 우기는 셈이다. 이런 설교 듣고 "아멘" 하는 신도들은 도대체 뭐란 말인가. 상당수는 반감을 가졌으리라 믿고 싶다. 왜 저런 소리를 하나 의아해 하기라도 했으리라 믿지 않으면 내가 먼저 미칠 것 같다. 모여 있을 때 수류탄이라도 던지고 싶단 말이다.

당신들이 기독교계의 지도자를 자처하는가? 자처가 아니라 사칭이다. 사칭에 구체적 행동이 더해지면 사기라고 부른다. 사칭꾼이라 하지 않아도 사기꾼이라 명하는 이유가 무엇이겠는가. 모르겠지만 사기꾼은 남에게 해악을 끼치기 때문이다. 성경을 암기하면 예수처럼 되는가. 아니라는 걸 당신들이 증명했다. 텍스트와 인품은 서로 다른 영역에 있다. 당신들은 성경을 암기한 악마들이다. 성경을 팔아 배를 채우는 악마일 뿐이다. 가장 흔한 하나인 "네 이웃을 사랑하라"라는 말씀이라도 실천해라.

인간은 삶이 각박해 도시를 만들었다. 그러나 모여 사는 일 또한 반대급부가 난무하게 마련이다. 격차가 생기고 격차는 차별을 부른다. 박탈감이 인간성을 말살시키기까지 한다. 자살보다 극렬한 자기저항이 어디 있는가. 자살보다 확실한 거부감은 또 무엇이겠는가. 인간은 도시 내부에서 여전히 각박하게 산다. 당신들은 가치 없는 무신론이라 하겠으나 인간은 죽음이 두려워 종교를 만들었다. 당신들의 신은 겁박이나 하는 존재인가. 그렇다면 양아치다. 두려움을 앞세우는 것은 악마이지 신이 아니다. "예수 믿고 행복하세요"라고 해야지 "예수 믿지 않으면 지옥 갑니다" 이래서는 곤란하다. 천박한 직대일 뿐이다. 그만한 수준의 인간이나 현혹될 사기에 불과하다. 내가 아는 한 신은 두려움을 앞세우지 않는다. 자기를 믿지 않으면 불구덩이에 빠진다는 주장은 후대의 극성 신도가 첨언했을 확률이 높다.

지옥이란 현세의 마음에 있는 것이지만 혹시 저승도 있고 지옥도 있다면 난 기꺼이 지옥으로 가겠다. 펄펄 끓는 유황물에 튀겨지는 당신들을 지켜볼 수 있다면 마주 앉은 난 온탕에 있는 것처럼 시원하겠다. 자신 있단 말이다. 믿지도 않지만 당신들을 보며 제발 지옥이 꼭 있기를 기대한다. 당신들이 죽지도 못하고 입이 찢어지는 벌을 받는 모습이라도 지켜봐야 속이 풀리겠다. 난 이렇게 편협하고 잔인하다. 그래도 내가 당신들보다 백만 배는 선량하다고 확신한다. 당신들의 신을 내 앞에 데려와라. 누가 악마인가 내기해보자.

외롭더라도 우리 함께

죽음은 피할 방법이 없습니다. 상실감 또한 어쩔 수 없는 감정입니다. 막무가내로 들이닥치는 슬픔을 어쩌겠습니까. 밀물처럼 차오르는 눈물을 도대체 어떤 저수지에 담아둘 수 있겠습니까. 차라리 슬픔에게 넓은 자리를 내주는 편이 마음을 수습하기에 수월합니다. 참아보려 하거나 막아내려 애쓴다면 일상이 무너지고 후유증도 커집니다. 누군가를 잃는다는 것은 자신의 일부가 사라지는 것과 같습니다. 채워질까요? 무엇으로 그 자리를 메울까요? 불가능에 가까운 일입니다.

빈자리로 남겨두면 어떻겠습니까? 유적으로, 흔적으로 담담히 바라볼 수 있도록 보존하는 겁니다. 상실감 때문에 바보 같은 행동이나 하고 주변을 힘들게 해도 괜찮습니다. 마음을 다잡고 일어날 거라 믿기에 기다려줄 겁니다. 함께 아파하고 고통도 나누려 애쓸 겁니다. 피할 수 있었던 죽음이 대한민국에서 벌어졌습니다. 전원을 살릴 수 있었는데 단 한 명도 살아 돌아오지 못했습니다.

세월호 피해자 유족들에게 위로의 말씀을 전하기가 민망합니다. 무슨 소용이 있겠습니까. 그러나 아픔의 끝에서 예전치럼 일어서실 거라고 믿습니다. 많은 분들이 마음을 보태고 있으니 하늘도 알고 도와주지 않겠습니까. 분노하는 민중이 있고 촛불을 든 마음들이 있습니다. 험한 일에 앞장서시라 하지 않겠습니다. 슬픔의 바닥까지 침몰하시더라도 분명 올라오시리라 믿습니다. 우리들 모두가 기다립니다.

- 국민라디오 [전영관의 30분 책 읽기] 클로징 멘트

2014. 6. 1.

추모의 함정

깃발이 늦은 오후의 허공을 휘젓는다. 허공은 애통이 지나는 길목이다. 구름 대신 참척慘慽이 웅크려 바람에 맞서는 자리다. 버텨 보라고 식구 하나를 앗아간 악마의 입김이 난무하는 곳이다. 우리는 하늘을 잃어버렸다. 신록을 기뻐할 겨를 없이 4월이 갔고 오월의 찬연함이 외려 서러운 한 달이었다. 채색을 감탄할 여유가 없어 노을도 달리 보인다. 눈 붉어 탄식하는 어미로, 가슴에 든 피멍으로만 보인다. 내게 하늘을, 노을을 돌려다오.

추모를 위해 민중이 집결했다. 반성하기 위해 모여 앉았다. 그러나 추모만으로 끝낼 일이 아님을 서로가 안다. 반성만 거듭하면 좌절할 뿐이다. 몇 시간을 앉아 나를 들여다본다. 추모했으니 조금 가벼워진 마음을 기대하는 것은 아닌지 날을 세워본다. 반성했으니 나는 깨끗한 뒷모습으로 일상에 복귀해도 되는지 물을 사람을 기다린다. 알리바이가 확실하니 통증의 출구를 알려달라고 말하고 싶다. 아이들에게 손찌검했던 옛일까지 떠올라 마음 저린 순간이 많다. 덮어버릴 담요가 있다면 당장에 줄을 서겠다.

자기기만이 새로운 생존방식으로 자리매김한 세상이다. 뻔뻔하고 악랄하기까지 해야 출세할 수 있다는 증명이 난무하는 사회다. 자기기만이 또 다른 생존능력이고 필수품으로 선정된 풍토를 어색해하는 이들이 많지 않다. 나는 어디까지 나를 기만하고 있는가. 기만을 철학이라고 강변하는 바보는 아닌가 되짚는다. 그러나 더욱 절망스러운 것은 자기기만보다 확신이다. 반성이나 전향이 필요 없다고 생각하는 부류다. 그런 자들이 어찌 리더의 자리에 있는가. 그런 자들이라서 리더의 자리까지 간다는 말을 들을 때마다 절망한다. 왜곡이 임계치를 넘어선 사회라는 증거다.

깃발들 사이로 삐라가 날린다. 깃발이 축제의 상징이기를 소망했다. 날리는 삐라가 새들이라면 탄성을 질렀을 일이다. 그러나 날 선 비판이 새겨진 쪽지들이다. 주워드는 손이 먼저 아프다. 이런 세상에서 살고자 애쓰는 건 아닌데 누구의 잘못이고 어디서부터 틀렸는가. 추모의 방식마저 고민스럽다. 추모 뒤에 혹시라도 망각으로 가는 지름길이 숨겨 있지 않은가 의심하게 된다. 세월이 약이라고 누가 그랬나. 그 약이 치료제 아닌 진통제일 뿐이라는 사실은 알고 하는 말인가. 타인의 죽음에서 촉발된 통증이니 진통만 시키면 그만이란 말인가. 당신이 아플 때 누가 치료제 아닌 진통제만 준다면 고맙다고 하겠는가. 고마운 이웃이라며 그의 어깨에 손을 얹을 수 있겠는가 말이다.

2014. 6. 2.

보이지 않는 하늘

너의 손이 차가워. 느껴지는데 볼 수 없어. 김기웅, 김기웅 불러도 목
소리가 나오지 않아. 이대로 우린 끝일까. 끝났어. 스킨스쿠버 경력
10년인데 내가 몰랐겠어. 다시 들어오면 죽는 걸 몰라서 그랬겠어. 차
마 외면할 수 없었던 거야. 알잖아, 내 마음. 알아서 함께 들어왔잖아.
고마워. 사랑해. 더 차가워지면 올라갈 수 없는데, 이대로 정신을 잃
으면 다시는 하늘을 볼 수 없을 텐데 힘을 내. 손을 놓지 말아줘. 봄
이 시작인데, 여름에 여행도 가고 싶고 가을부터 우린 한 집에서 살
기로 했는데 아득해. 앞이 아득해. 이건 아닌데 이건 아닌데. 저쪽 아
이들 어떻게 해. 울잖아. 제대로 울지도 못하고, 엄마 아빠를 부르다
가 물에 잠겼잖아. 버둥거리는 느낌이 여기까지 밀려오네.

물속에서도 폭죽이 터질까. 마지막 한 발은 우리를 위해 쓰고 싶어.
정현선, 정현선 이렇게 터지는 폭죽이면 좋겠어. 환하게 밝혀서 우리
모두가 길을 찾고 위로 올라가고 싶어. 사랑해, 사랑해, 이럴 줄 알았
으면 날마다 만날 때마다 순간마다 사랑한다고 말해줄 걸 그랬어. 아

껴둘 말이 아니란 걸 몰랐어. 포옹을 풀지 말자. 함께 들어왔으니까 함께 나가야지. 정신을 놓치더라도 목숨을 잃더라도 포옹은 풀지 말자. 어디가 천국일까. 우리 신혼집은 아니었을까. 하늘나라에도 우리만을 위한 집이 있을까. 거기서도 네게 면사포를 씌워줄 수 있을까. 드레스 입은 모습도 보지 못했는데, 어여뻐 저절로 박수를 쳤을 텐데, 막 자랑하고 싶었는데 이제 끝이야. 천국에 가서라도 네게 드레스는 꼭 입혀주고 싶어.

그대들 잘 가라. 인사하고 돌아서려니 어디로 가란 말이냐는 물음이 뒷덜미를 잡는다. 천국이라고 대답했지만 확신할 수 없었다. 천국이 있다면 권력가와 부자들이 여태 이승에 남아 있겠나 싶었다. 하느님은 사랑하는 사람을 먼저 부른다는 교회 말씀이 어설픈 위로로만 떠올랐다. 그대들 잘 가라. 이 말 말고는 어느 것 하나 장담하지 못해 아프다. 진실을 밝혀낼 방법이 없고 힘이 없다. 포기하지 않지만 촛불을 들어봐도 앞길이 막막하다. 늑장부린 게 누구인지, 어느 집단인지 찾아내 능지처참해도 시원찮을 일인데 그대들 잘 가라라는 인사 외에는 빈손이다.

캄캄한 바닥에서 수면 위로 올라오는 일이 천국으로 향하는 길이었을까. 그대들에게 천사란 하얀 옷과 날개 달린 누군가가 아니라 산소통 메고 다가온 잠수사란 말일까. 가족 품에 안기는 순간이 입국 아니었을까. 그러나 해후의 기쁨은 순간일 뿐이다. 기다림의 한 페이지를 넘기는 일일 뿐이다. 육신을 만나고 다시 보내야 하는 이승의 법도대로 평생 그리워할 통증만 남았다. 부디 순식간에 숨이 끊어졌기를, 얼마간 살아남아 희망으로 몸부림치지는 않았기를, 늑장부리는 사람들에게 원망을 품고 떠나지는 않았기를 소망한다. 남은 자들이란 겨우 이렇다. 잊지 않겠다는 다짐만을 그대들 가는 길에 여비로 보탠다. 밤하늘에 유난히 반짝이는 별이 있다면 그대들이 터트리는 천국의 폭죽이라고 여겨보겠다. 미안하다. 그대들, 잘, 가라.

- 고 김기웅은 세월호에서 탈출하다가 여자친구 고 정현선이 선내에 있음을 알고 다시 들어가 구조하고 다른 승객 한 명도 추가로 구조했으나 남은 승객들을 구하러 재차 들어갔다가 둘 다 목숨을 잃었다.

2014. 6. 3.

마흔아홉 날을 기다렸다

어제부터 간간 뿌리더니 오늘은 작정하고 비 온다. 저 위에서 몸을 씻는구나. 비린내를 빼고 개펄에 범벅이 된 머리도 감는구나. 어색해하며 비단옷을 입겠구나. 버거웠던 책은 두고 갔으니 다행이다. 야간자율학습 없는 곳이니 편하게 쉬다가 잠들겠다. 영문도 모르고 당도한 곳이라서 눈길은 아래로만 향하는 건 아닌지 모르겠다. 어른들도 여럿이지. 이승에 더 오래 살았던 사람들이니 기억도 겹겹이고 진해서 쉽사리 지워지지 않을 텐데 그곳에서는 어떤 비누를 쓸까. 한이 깊어 몸에, 마음에 남은 얼룩은 무어라 부를까. 아비가 쏟은 탄식을 비누 삼고 어미가 흘린 눈물로 씻는 것은 아닌지. 신이 있다면 그리 하지는 않으리.

돌아올 수 없으니 좋은 곳 가라고 마음의 재齋를 올린다. 아팠던 몸이라면 강건하게 새로 태어나라고 기원한다. 혹시 이승의 통곡이 들리더라도 외면하라고, 이제 끝이니 훌훌 털어버리라고 손을 모은다. 잊지는 않겠다고 기록하고 사진도 찍는다. 중음中陰의 나날들 동안 하나씩 둘씩 더해졌을 영혼들의 모습을 내 가족처럼 기억하겠다고 향을 피운다.

하……. 담담해지지 않는 마음을 어찌 한단 말인가. 그대들 이승의 인연을 끊는 날인데 말리고 싶다. 신께서도 참극을 저지른 부라퀴들을 불러다가 심판의 장면을 보여준 후에야 다음 생을 연결할 것 같다. 거기는 원한도 후회도 없는 천국이라고 누가 장담했는가. 생때같은 목숨을 보내놓고 안락하게 살아가는 자들을 바라만 보는 여기가 지옥이란 말인가. 4월 16일에 세상이 뒤집혔다면 그로부터 마흔아홉 날이 지난 오늘 6월 3일은 영영 절망하는 날이다. 실낱만도 못한 희망이지만, 허황한 바람이지만 누구라도 하나 돌아오는 기적마저 버리는 날이다. 그래, 잘 가라. 이따위 세상은 잊고 개만도 못한 것들의 번들거림도 잊어라. 엄마도 아빠도 한탄스러운 가족도 모두 잊어라. 구천을 떠도는 원귀는 되지 말고 다 잊어라. 무능하게도 잊으라는 말이나 하는 우리는 잊지 말아라. 가족들 꿈길을 찾았다가 돌아가는 길에라도 들려서 채근해라. 새 몸으로 새 영혼으로 태어날 때까지 세상을 바꿔 놓으마.

2014. 6. 4.

기타는 여섯 줄

음악을 좋아했구나. 흥얼거림, 나지막함, 춤추는 음표들과 친했었구나. 힙합의 다이내믹함보다 포크의 유연함을 즐겼겠구나. 랩의 속도보다는 발라드 가사처럼 걷는 게 너하고 어울린다 생각했겠구나. 이름이 현철이구나. 삼대독자라니 부모님께서 오죽이나 애지중지 하셨겠냐. 너는 모르고 갔겠다만 세상은 이토록 잔인해서 독자獨子들은 빼놓지 않고 데려간단다. 아저씨도 1남 4녀의 외아들이야. 소용없는 말이고 누가 들으면 뺨 맞을 소리다만 삼대독자는 슬쩍 빼주면 얼마나 좋았겠냐. 자식은 다 같다 해도 아들 여럿인 집하고 삼대를 독자로 이어온 집하고 천만 분의 일이라도 다르지 않겠냐. 내가 지금 무슨 소릴 하나 모르겠다. 요즘 정신을 놓고 산단다. 내 아들도 아니고 얼굴도 모르는 네게 부질없는 소리를 하는구나. 미안해서 그러지. 당황스러워서 무슨 말이라도 하기는 해야겠는데 말문이 떨어지지 않고 등에서 식은땀만 흐른다. 죄 없는 죄인이라서 더듬거린다.

아저씨도 한때는 남에게 밥을 얻어먹고 편의도 봐주며 살았단다. 별 것 아닌 일을 구태여 규정만 고집할 일 없겠다 싶어서 편하게 쉽게 넘어간 적 있단다. 물론 사람 목숨과 관계되는 일은 아니지. 헌데도 마음이 눅눅하단다. 누가 등 뒤에서 쇳물이라도 붓는 것처럼 뜨겁고 무겁고 쓰라리단다. 이제 그만하고 올라와. 너는 모르겠다만 기다리는 부모 마음은 찢어지고 있단다. 몸이라도 성하게 장례를 치러야 할 거 아니냐. 벌써 얼마냐. 물속에서 한 달 하고도 보름이 넘었으니 알아보기나 할까 모르겠다.

너도 네 몸을 두고 하늘로 갔겠지만 서둘러 돌아오렴. 엄마 아빠께 인사하던 밤처럼 돌아와서 그나마 한이라도 풀어드리렴. 이 글을 쓰면서 아저씨는 병신처럼 눈물을 흘린단다. 아저씨한테는 무슨 잘못이 있었나 자꾸 돌아보게 된단다. 네가 좋아하던 기타를 세워놓은 아빠를 생각해봐. 아저씨는 사진을 보는 순간 누가 그거 건드려서 소리라도 낼까 봐 덜컥 마음 놓쳤단다. 기타 소리 들으면 엄마는 또 얼마나 놀래겠냐. 얼른 올라와라. 거기서는 누구에게 허락을 받나 모르겠다. 거기도 누가 또 가만있으라고 하는 건 아니냐. 몰래라도 올라와. 기타는 여섯 줄이지만 너는 하나 아니냐. 엄마 아빠에게 너는 세상 전부하고도 바꿀 수 없는 3대독자 아니냐. 현철아, 어떻게든 올라와. 가더라도 기타 들고 가야지 현철아.

2014. 6. 5.

차웅이 아버지께

새삼 위로의 말씀을 드리지는 않겠습니다. 무안해서 얼굴을 들지 못하겠습니다. 아들만 둘이면 희한하게도 하나는 딸 노릇을 합니다. 저도 아들만 둘이거든요. 큰 녀석은 제대해서 복학했고 둘째는 화천 철책선 안에 있습니다. 아들이 열이라도 하나를 잃으면 몸이 잘려나가는 통증일 텐데 어찌 지내십니까. 차웅이 어머니는 또 어떻게 참척의 벼락을 버티고 계신지요. 차웅이 사진을 보니 체격도 단단하고 인물도 훤했습니다. 아들만 둘인 제가 봐도 탐나는 녀석인데 어찌 보내시겠습니까. 아비로서 공감하고 저 역시 아비니까 드릴 말씀이 없습니다. 물론 저를 포함한 국민들만이 게을러서 이런 사고가 난 건 아닐 겁니다. 우리 사회가 그릇된 관행에 물들어서 일어난 참극이고 늑장구조는 석연찮은 구석이 많습니다. 밝혀내자 노력하고 있지만 잘 아시는 대로 정부 당국은 거짓말로 감추기에 급급합니다. 국회에서 사흘이나 밤을 보내신 유족들이 계시니 뒷이야기도 들으셨을 겁니다.

차웅이가 살아 있으면 친구들하고 어련히 잘 지내고 추억을 쌓겠습니까. 결혼도 하고 아이도 낳고 사회의 일원으로서 적절한 역할을 해 낼 겁니다. 이제 그럴 수 없으니 아비의 입장에서 잊히는 아들이 안타까우신 게 당연합니다. 저라도 그렇죠. 오래도록 기억하고 다시는 반복하지 말자 해야 옳은데 짐승 같은 정부는 그마저 덮어버리려 온갖 패악을 저지르고 있습니다. 국민들이 분노합니다. 소식을 다 들으시겠지만 모여서 촛불 들고 행진하고 잡혀가고 폭행에 시달리기까지 합니다. 잊지 말자는 뜻이고 낱낱이 밝혀서 억울하게 죽은 사람들 원혼이라도 달래자는 의지입니다. 혹시라도 외롭다 생각하지 않았으면 좋겠습니다. 나는 아들을 잃었는데 세상은 멀쩡하게 돌아간다고 탄식하시는 일은 없어야 합니다. 정부를 지지하는 짐승들 일부를 제외하면 대부분이 안타까이 기억합니다. 내 자식 일처럼 아파서 잠을 설치고 입맛을 잃고 문득 웃음이라도 나면 죄지은 것 같아 표정이 굳곤 합니다. 다들 그러고 있습니다. 행여나 서운하게 생각하지 마시고요. 차후에 어떤 소송이 벌어진다면 모금해서라도 가산이 기우는 일 없도록 돕겠습니다. 정차웅이란 이름을 꼭 기억하겠습니다. 피해자 가족 뒤에는 저희들이 버티고 있으니 외롭다는 생각만은 꼭 버려주시기 바랍니다. 아들 둘을 키우는 아비로서 두서없이 마음을 전합니다.

2014. 6. 5.

4월의 우화寓話

사람의 가슴엔 팽나무가 한 그루씩 있다지. 누군가는 구름에 닿을 크
기를, 또 누군가는 양팔로 감쌀 만한 몸피를 가졌다지. 이파리 전부
가 슬픔이라서 일생 동안 하루에 하나씩을 삼켜야 한다지. 저마다 맛
이 다르다지. 쓰리고 시고 떫어 익숙해질 겨를 없다지. 낙엽도 없이
사철 푸르른 팽나무를 가슴에 심어놓은 이 누구인지. 남녘 항구에 주저
앉은 사람들 가슴의 팽나무는 하늘을 찌르며 커지기만 하는지. 손을 뻗어
봐도, 장대를 휘둘러도, 여럿이 힘을 합해도 그들의 이파리 하나 덜
어주지 못하는지. 돌아서면 왜 또 내 안의 팽나무도 한 길이나 훌쩍
자라 있는지. 귀신처럼 울며 흔들리는지.

나는 모른다. 제발 뽑아가라 하소연하려도 들어줄 이 누구인지 나는
모른다. 얼마나 삼켰는지, 얼마나 더 남았는지 아직 모른다. 한 가지
를 안다. 가족 잃은 사람의 눈물 한 방울이 바다에 버금가는 무게임
을 알게 되었다. 생목숨 버둥거리는 동안 지켜보며 토해낸 울부짖음
이 세상 어떤 칼보다 날카롭게 날아와 박힌다. 내 안의 팽나무엔 이

파리뿐 아니라 만지면 베이는 칼들도 달려 있다.

나는 왜 지옥에 잡혀온 관람객이 됐는지. 우리의 죄목이 무엇인지. 형량은 얼마나 남았는지. 주연들의 대사는 언제 끝나는지. 바깥에서 문 잠근 자들은 누가 단죄하는지. 그들의 영업은 불법인데 항의가 통하지 않는지. 팽나무 우화는 내가 만든 거짓인데 아무도 틀렸다고 하지 않는지. 수긍하는 눈빛으로 고개만 숙이는지.

2014. 6. 6.

의로운 바보 박지영

다 필요 없다. 의사자義死者라는 호칭이 벼슬이라도 된단 말인가. 결국 죽은 사람이라는 증명 아니겠는가. 그나마 다행이라고 말하지 마라. 타인을 위해 목숨을 건 사람을 도두보는 일은 공동체의 기본이다. 짐승들이나 모르는 일이다. 머뭇거리다가 대견하겠다고 인사했다면 가족은 듣기에 또 얼마나 안타깝겠는가. 살아서도 의로운 일을 했을 텐데 하는 심정으로 가슴이 찢어지지 않겠는가. 알면서도 건네는 말이고 알기 때문에 덕담도 덕담이 되지 못하는 것이다. 영정 앞의 덕담이란 흩어지는 안개고 바람이고 스러지는 별빛이다.

내 딸 살려내라. 짐승만도 못한 너희들이 준 것 전부를 돌려줄 테니 살려내라. 승무원이 내 딸 하나였느냐. 내 딸이 아이들 구하겠다고 황망하게 뛰어다니는 동안에 경험 많고 월급도 더 받는 것들은 탈출하지 않았느냐. 배 안에서는 살겠다고 아우성인데 바깥의 너희들은 구경만 했던 거 아니냐. 원인도 밝혀지지 않고 의문투성이라 억울한 심정이 하루가 다르게 커진단 말이다. 악마보다 더한 놈들아. 마음속으로는 이렇게 절규하고 있을 홀어머니다.

미련한 것, 이게 아니다 싶으면 얼른 빠져나와야지. 구명조끼까지 남
주고 끝까지 거기서 목숨을 잃었구나. 엄마를 생각해서라도 뛰쳐나
왔어야지. 너 그렇게 가버리면 남은 우리는 어쩌란 말이냐. 식구들 생
각도 해야지. 그만이나 키워놨는데. 전생에 내가 너한테 얼마나 많은
빚을 졌기에 이런 앙갚음을 한단 말이냐. 이 모진 것, 생각 없는 것,
당장 돌아와. 얼른 나와서 웃어보란 말이야. 박지영, 네가 내 딸이었
다면 이렇게 한탄했겠다. 부모를 생각해서라도 뛰쳐나와야 했다고 울
어버리겠다. 자식 일에 가장 어리석은 존재는 부모란다. 내 새끼가 죽
는 마당에 뭐가 눈에 보이겠냐 말이다.

죽음 앞에는 어떤 칭송도 의미 없다. 살아 있음이 최고라고 생각한다.
나더러 지나친 현실주의자라 비난한다면 달게 받겠다. 태어난 이상 살
아가는 일보다 중요한 게 무엇이란 말인가. 결심하고 나선 독립투사가 아
니니까 억울한 일이다. 급작스럽다 전제해도 막을 수 있었던 죽음이
니 관계당국이 원망스러운 것이다. 박지영이란 이름을 기억한다. 스
물두 살의 청춘을 잊지 않겠다. 영원한 그늘이고 가시나무 무성한 곳
에 제 목숨만 챙기려 빠져나온 나머지 선원들을 모아두겠다. 반대편
따사로운 양지에 박지영이란 명패를 건다. 지워지지 않을 돋을새김
으로 남겨두겠다.

2014. 6. 6.

젖은 어깨를 두드리며

나는 그를 모른다. 급박한 상황에 아이들 등록금 만들어놨다는 말을
마지막으로 남기는 걸로 봐서 가장의 책임을 다하는 사내라는 것만
안다. 그 통화 하나만으로도 그의 전부를 안다. 가정에 충실한 사내
가 바깥에서 사이코패스로 지내는 경우는 드물다. 물론, 제 가족만 챙
기고 남은 나 몰라라 하는 이기주의자도 여럿이긴 하다. 여기서의 충
실하다는 말과 챙긴다는 말의 온도차는 적도와 남극이다. 당연하게
도 그는 목숨을 잃었다. 도망친 선장이 젖은 돈을 말리고 있을 시간
에 그는 사람들 끌어내고 엎어진 선내를 뛰어가다가 들이닥친 물에
휩쓸렸을 것이다.

사고 한 달 만인 5월 16일 시신으로 발견됐다. 신체가 온전했을 리 없
다. 신원 확인은 아내가 아닌 형이 했겠다. 흰 천이 씌워진 시신 앞에
서는 순간 심장은 얼음으로 변한다. 들추는 순간 지옥문이 열린다. 그
순간으로부터 평생 벗어날 수 없다. 사고로 돌아가신 아버지를 확인
했던 안치실을 나 역시 잊을 수 없다.

선원 가족이었기에 말 못할 아픔이 많았겠다. 선원들 먼저 탈출했다는 보도가 이어지면서 가족은 숨도 쉴 수 없었겠다. 직무를 다했다는 증언이 나왔을 때야 비로소 아내는 울음을 터트렸겠다. 남편이 죽었는데 순간 안도하게 되는 아이러니를 설명할 길 없다. 혹시나 했는데 목숨을 잃은 것이 분명하니 다시 절망했겠다. 두 아들도 아빠가 비겁하지는 않았다고 주먹 쥔 손으로 눈물을 닦았겠다.

유족은 조의금도 받지 않았단다. 형편도 넉넉잖으면서 고인의 평소 뜻을 반영했단다. 원망스러운 부분도 있었겠다. 개만도 못한 것들이 선원이라고 배를 몰다가 도망가고 남편은 하나라도 구하겠다고 뛰어다니다가 목숨을 잃었으니 원망이 왜 없겠는가. 다 함께 죽었다고 덜어질 슬픔은 아니다만 사람 마음이 이렇다. 징역살이를 하는 한이 있어도 남들은 살아 걸어 다니는데 내 남편, 내 아버지, 내 동생은 목숨을 잃고 한 달이나 지나 바라볼 수 없는 모습으로 돌아왔으니 세상에 대한 원망이 없을 리 없다.

그의 주검이 발견된 사흘 후 세월호에 걸려 있었을 사무장 임명장이 18킬로미터 떨어진 해역의 낭장망囊長網에 걸려 발견되었다. 이승의 업무가 끝났으니 이제 천국의 유람선 사무장으로 임명됐다는 신의 뜻일까. 나는 임명에 반대한다. 그의 임무는 아직 끝나지 않았다. 스물이나 남았는데 돌아왔으니 임무를 마치지 않았단 말이다. 유족들께 죄스럽지만, 이 글을 쓰는 현충일 오늘까지 열다섯이나 돌아오지 않고 있으니 영혼이나마 다시 내려가 그들을 데려오라고 부탁드린다. 얼이 빠져 허깨비처럼 팽목항을 서성거리는 가족들이 있으니 끔찍하더라도 한 번만 다시 내려가라 부탁드린다. 그대는 사무장 아니신가. 비겁하지 않았던 사무장 아니신가. 마지막일지 모른다는 예감으로 아이들 등록금을 걱정했던 가장 아니신가. 젖고 허물어진 어깨에 다시 짐을 올려 죄송스럽지만 양대홍 사무장, 그대가 절실하다. 그대의 어깨를 두드리는 심정을 이해하리라 믿는다. 그 많은 선원 다 소용 없고 오로지 그대 하나뿐이다.

2014. 6. 7.

우리가 보고 싶은 최후

4월 16일 진도 앞바다에서 괴물이 탄생했다. 해경이라는 발톱을 달았고 대통령이라는 송곳니가 날카롭다. 물신주의라는 거죽은 악취가 진동하고 번들거린다. 털 속에는 이권이라는 진드기가 바글거리는데 스치기만 해도 달려들어 피를 빤다. 국회의원이라는 침을 질질 흘리는 바람에 더럽기가 토사물 가득한 변기보다 더하다. 전국을 휩쓸며 할퀴고 물어뜯었지만 영남 지방은 피해자가 많지 않았다.

슬픔이란 별명을 가진 상대는 막강했다. 급작스러운 습격에 당황할 겨를도 없었다. 예고했더라도 감당할 방법도 대안도 없는 이 나라 민중들이었는데 봄날 아침의 습격으로 절반이 심장을 관통당한 상황이다. 관계자들이 몫을 해냈는가. 정치가 방패를 들어 주었는가. 대통령이란 사람이 위로라도 제대로 시늉했는가. 민중은 꼼짝없이 당했다. 수습의 방도라야 촛불뿐이니 휴일 저녁을 매연만 부글거리는 거리 바닥에서 보낸다. 항거의 몸짓으로, 분노의 함성으로 오로지 민중만이 상대와 끝장이라도 불사하겠다는 결기를 보인다.

슬픔이 아니라 두려움이다. 지금까지 슬픔으로 눈물을 흘렸다고 생각하는가. 죽어가는 사람들을 보며 전신에 스멀거리는 두려움을 느꼈던 거다. 버둥거리다가 코로 입으로 짠물이 들어오고 폐가 찢어지는 고통이 엄습하고 회칼이 코를 난자하는 통증을 상상했던 거였다. 가족을 잃고 몸부림치는 모습이 각인된 거였다. 누구인가. 이 괴물을 민중들 뇌리에 한 마리씩 풀어놓고 사라진 자 누구인가. 상처는 상처를 만든다. 괴물은 뇌리에 박혀 스스로를 복제해 기하급수로 늘어나는데 우리가 이를 슬픔이라 이름 붙인 것이다. 결국 슬픔이란 두려움의 복제품이고 성장하면 사람을 좌절시키는 위력을 발휘한다. 상처 난 사람만 골라 달려든다. 공감할 줄 아는 사람을 귀신같이 냄새 맡고 달려든다. 더 커지기 전에 박멸해야만 하는 일이다. 칼이 있다면 칼로, 화염병이 효과적이라면 화염병으로 몰아내야 한다. 제 몸 물어뜯다가 숨이 끊어지는 최후를 민중 모두가 지켜봐야 한다. 죽인 자는 죽어야 한다.

2014. 6. 8.

마지막 수업

둥글게 모였을까. 바닥이 뒤집혀 손도 제대로 잡을 수 없었을까. 수
학여행이었으니 책을 펼칠 일도 아니지. 칠판이 있을 리 없지. 숙제
가 무슨 소용일까. 결석이란 물 밖으로 나갔다는 말이지. 다른 곳에
있다는 뜻도 되지. 바람 쐬러 나간 친구들을 불러야 할까. 절대로 수
업에 들어오지 말라 할까. 선생님도 학생도 이제 말이 없는데. 잠깐의
아우성과 울음과 기도가 잦아들고 고요만 가득 차오른 선실, 아니 교실.

마지막 수업의 주제는 평등이다. 엄마 아빠를 부르며 울고 또 울다가
사랑한단 말조차 끝내지 못하고 물에 잠긴 아이들이다. 어른이고 선
생님인데 울고 식구를 부르고 미안하다 또 울다가 가라앉은 선생님들
이다. 선생님도 사람일 뿐이라는 걸 아이들도 비로소 알았을 것이다.
어른이지만 엄마 아빠가 있고 아기도 있음을 새삼 실감했을 일이다.
선생님도 아이들을 다시 봤을 것이다. 부둥켜안고 마지막 기도를 올
릴 때에는 선생도 제자도 아닌 피해자일 뿐이었다. 죽음 앞의 평등이
아니라 인간으로서, 사랑과 인연으로 채워진 존재로서의 평등이다.

자신은 얼마든지 탈출할 수 있었던 위치였는데 제자들 구하다가 끝내 목숨을 잃은 남윤철(35) 선생님을 생각한다. 지난해 교편을 잡은 최혜정(24) 선생님도 안타깝다. 학생들 탈출시키다가 배와 함께 가라앉은 이해봉(32) 선생님도 있다. "200명의 생사를 알 수 없는데 혼자 살기에는 힘에 벅차다. 나에게 모든 책임을 지워달라. 내가 수학여행을 추진했다. 내 몸뚱이를 불살라 침몰 지역에 뿌려 달라. 시신을 찾지 못하는 녀석들과 함께 저승에서도 선생을 할까." 이런 유서를 남기고 사고 사흘 만에 스스로 목숨을 끊은 강민규 교감선생님을 어찌 잊을까. 저승에서 교무회의를 주재하신다면 행여 자책하지 마시라고 부탁드린다. 아이들 여럿을 구하고 막바지 상황에 탈출하셨으니 누구도 비난하지 않는다고 말씀 올린다. 살아남아 증언하고 함께 싸워주셨으면 좋았겠다는 원망도 보탠다. 유 모, 전 모 선생님을 비롯해 호명하지 못한 선생님들도 계실 테지만 이해하시리라 믿는다. 평등이란 말을 이렇게밖에 쓸 수 없는 대한민국임을 절망한다. 절망의 끝은 칼이고 분노임을 되새긴다. 마지막 수업 이후로 새로이 일어서는 민중이 있음을 안다.

2014. 6. 11.

맴도는 바다

봄은 둥둥 떠오르는 기운이다. 떨어지는 벚꽃 이파리를 보면서도 마음은 구름까지 날아오르니까 봄이다. 아까시 향기 달콤한 오후에는 햇살도 잘게 부서지며 찰랑거린다. 철쭉과 영산홍은 깔깔거리느라 볼이 발간 여고생이다. 팔뚝 굵은 느티나무는 그늘 자랑을 시작했다. 코밑 검어진 남학생들이다. 딸기 장사 트럭은 저 혼자 늙어서 해소기침 하느라 골목을 빠져나가지 못한다. 어른들 몇몇 세상 이야기에 빠진 파라솔 앞으로 아이들이 천국을 향하는 듯 뛰어간다. 영화의 마지막 장면처럼 희미해진다. 꽃은 만발하고 마음은 달뜨고 바람은 어디든 가보라고 등을 밀어대는 봄이다. 건강한 봄이었다. 그날 이전까지는 봄이었다.

떠오르지 못한 꽃이 있다. 스스로 바다로 내려간 꽃이다. 만개했으나 마지막이었던 꽃이다. 저보다 어린 봉오리들을 부르느라 영영 하늘을 볼 수 없게 된 꽃이다. 함께 나가자고 지옥문 열고 들어간 꽃이다. 머뭇거릴 시간 없다고 서두르느라 돌아올 길마저 잃은 꽃이다. 꽃진 자리 멍울만 남아 부모 앞에 돌아온 꽃이다. 새치름한 눈빛, 은방울 코, 진달래 핀 입술마저 잃어버리고 청포묵보다 물컹하게 돌아와 부모를 혼절시킨 꽃이다. 그대의 이름을 기억하련다. 유니나 선생님으로, 참사람으로 기록하련다. 부디 잘 가라. 봄이 사라진 땅, 정의마저 부력을 잃고 가라앉은 땅, 눈치만 남아 머뭇거리는 고깃덩어리들의 땅을 그대 다시는 돌아보지 말라. 바다도 잠시 품었던 꽃들을 돌려주느라 맴돌기만 한다. 그대가 구하려 애썼던 꽃무리들과 천국으로 떠올라라. 남은 자들의 고통은 당연한 죗값이다. 애달파 하지 말아라. 부모 꿈 자리엔 들렀다 가라.

2014. 6. 11.

지옥에서 지옥으로

단원고 선생님 이전에 사람입니다. 목숨을 건지셨으니 다행이란 말씀 먼저 드립니다. 아비규환, 그야말로 지옥이었을 겁니다. 경험한 바 없지만 숱한 재난영화를 통해서 상상의 영역이 넓어졌고 제가 험난한 건설 현장에 오래 근무한 까닭에 참혹이란 말을 조금 압니다. 기울어진 배에서 아이들이 기다리고 있는 모습을 동영상으로 보았습니다. 안산문화광장이었죠. 시 낭송 때문에 갔다가 광장에 들어찬 침묵에 어깨가 부러지는 느낌을 받았습니다.

살아 있다는 사실 하나만이 중요합니다. 잘못이 없으니까 살아 있음이 죄는 아닙니다. 그러나 하루도 제대로 잠을 이루지 못하실 거라고 생각합니다. 음식이 넘어가다가 울컥 올라오곤 할 겁니다. 누구인들 그 상황을 겪고 편안할 것이며 또래 아이들과 눈을 맞출 수 있겠습니까. 공포는 인간을 본능만 남게 만듭니다. 표백제처럼 현재 상황을 탈색시키고 주변을 돌아볼 겨를조차 없게 몰아붙입니다. 당장 죽을 판인데 무슨 생각을 할 수 있겠습니까. 물론 아이들 구하러 객실로 뛰어든 선생님들도 여럿 계십니다. 그분들처럼 행동하지 않았냐는 실책은 부당합니다. 당황하다 보니 어느새 바깥으로 나왔을 겁니다. 우연히 바깥에 있었겠다는 생각도 합니다. 선생님이란 직분 때문에 가일층 예리한 죄책감을 버리라고 하지는 않겠습니다. 어쩔 수 없는 일입니다. 다만 더는 스스로를 몰아대지 말라는 부탁을 드리겠습니다. 지옥을 빠져나왔는데 여전히 지옥일 겁니다. 악마의 장난에 엮였으니 어디를 가도 평화는 없습니다. 악마가 내민 선택지는 무엇을 고르더라도 경악일 뿐입니다. 목숨을 건지셨으니 시간이 걸리더라도 편안해지기를 응원하겠습니다. 살았으니 또 살아가야 합니다. 아이들 울부짖음이 고막을 찢을 지경이더라도 참고 견뎌야만 합니다. 학부모들의 원성이 빈번할지 모르겠습니다. 묵묵히 받아들이고 계신 건 아닌가 생각합니다. 하늘로 간 아이들에게 보냈던 마음과 같은 무게를 선생님들께 전합니다. 당장은 아니더라도 부디 회복되기를 기원합니다. 불망不忘과 절망絶望은 다릅니다.

등번호 21 안중근 선수

천국까지 공을 던져라
날아가 하늘의 별이 될 테니 공을 던져라
젖어 어룽거리는 별을
너라고 알아보겠다
출석부에서 지워진 이름을
지상의 우리들이 밤마다 불러주겠다

천국에서 이 빌어먹을 땅으로 돌을 던져라. 온화한 성품이라 들었다
만 돌을 던져라. 무력한 우리들도 함께 맞아야 할 테니, 이마가 깨져
도 비명 지를 자격 없으니 돌을 던져라. 원망도 애통도 스러지는 곳
이라고 누가 그랬나. 거기 가면 영혼이 씻긴다고 누가 장담하나. 잊
을 수 없는 통증이 있고 잊어서는 안 되는 사연이 있으니 신도 외면
하지 못하리라. 신을 핑계 삼아 천국이니 지옥이니 울대에 힘을 주면
소용 있나. 신의 등 뒤에 숨는다고 면책이 되나. 시간이 죄를 감춰주
는 투명 망토라도 되나. 배트를 휘둘러도 좋겠다. 짐승만도 못한 것

들의 늑골을 부숴라. 뻐개진 두개골을 내 손으로 파내어 움켜쥐겠다. 부모가 하면 원한이란 누명을 쓸 테니까 내가 정의의 이름으로 그들의 잔해를 쓸어내겠다. 버릴 곳 없으니 썩어 사라질 때까지 지켜보겠다. 맴돌던 새들도 알아채고 피해 가겠다. 개미도 오지 않고 곰팡이도 피지 않겠다.

하고 보니 말이 아니라 비명이구나. 울컥 토해놓고 생각하니 어린 네 앞에 부끄럽구나. 야만성을 꺼내들지 않고는 버텨낼 수 없는 세상이란다. 짐승처럼 생각하고 짐승으로 행동해야 살아낼 세상이 됐단다. 미안하단 말도 소용없음을 안다. 저질러진 다음의 어떤 안부도 공허함을 안다. 등번호 21번 안중근 선수는 천국의 투수로 등판해라. 불사조 박철순의 등번호가 21번 아니냐. 참혹하게도 안중근 너 역시 지상의 영구결번 아니냐. 무력한 어른들을 삼진으로 돌려세워라. 만루 홈런 때리고 천천히 손을 흔들어라. 지상의 통곡도 눈물도 거기에서는 환호로 들리도록 신에게 기도하겠다. 다만, 부모의 울음은 선명히 들릴 테니 어쩔 수 없으리라. 신도 갈라놓지 못할 부모 자식 아니냐.

2014. 6. 15.

천국은 어디에

불행하게도 나는 존경스러운 스승이 한 분밖에 없다. 중학교 1학년 담임이시다. 저녁 굶고 도서관에 다니던 내게 지정석도 마련해주고 참고서도 챙겨주고 기성회비 독촉도 하시지 않았고 겨울방학 때는 집으로 불러 2학년 수학을 미리 가르쳐주셨던 분이다. 가난 때문에 세상에 대한 복수심만 부글거리던 나의 가슴을 누그러뜨린 분이다.

스승이란 이런 존재다. 만약 스승과 제자가 동일한 조건으로 생명의 위협을 받는 상황이라면 어떤 행동을 할까. 생명을 보존하려는 본능은 차이가 없겠지만 사명감이 본능을 누른다. 허우적거리는 아이들 앞에서 어느새 냉정해졌을 것이다. 나갈 수 있으니 침착하라고 외쳤을 것이다. 이래서 스승이고 아이들 앞에 설 수 있다. 자신 없어서 교직과목조차 이수하지 않았던 나는 세월호 담임선생님들 기사를 읽으며 생각이 많아진다. 나라면 이럴 수 있었을까 반문하고 자책한다. 가정법 자체가 어리석은 일임을 알면서도 반복한다. 스승과 어른이 동의어로 통용되는 세상을 꿈꾼다.

아이들 증언에 따르면 남윤철 교사는 구명조끼를 던져주며 빨리 입으라 했단다. 하나씩 위로 밀어 올려 탈출시켰단다. 주변 아이들 먼저 구조하고 자신은 마지막에 탈출하려 했겠다. 가족이 있을 테니 어떻게든 빠져나오려 애를 썼겠다. 아니, 그런 생각도 나지 않을 만큼 급박했겠다. 물이 차오르고 배는 뒤집히고 아이들은 비명으로 우왕좌왕하는 판국에 무엇을 계산할 수 있었겠는가. 본성대로 움직인 거다. 인간의 기본 덕목이 팔에 힘을 보태고 다리를 강건하게 받쳤을 거다. 세월호 아이러니에 절망하고 위로받는다. 오랜 부패와 무능으로 연출된 참극에 가슴이 무너지고 이런 기사를 읽으며 그나마 세상에 대한 미련을 남긴다. 행정 절차에 상관없이 나는 의인으로 기억하겠다. 선생님 입장에선 당연한 행동 아니냐고 한다면 망설이지 않고 그를 악마의 개라고 부르겠다. 상황이 영웅을 만든다는 따위를 잠언이라고 믿는 사람과 대화하지 않겠다. 그만 덮자는 지인이 있다면 절교하겠다. 의인보다 평범한 시민으로 살았어야 할 남윤철 교사다. 아이들에게 애달픈 스승으로 남기보다는 잔소리꾼 남윤철로, 떠올릴 때마다 웃음을 주는 괴짜여야 했다. 몇몇이 스승의 날에 찾아오고 세월호에서 찍은 사진을 보며 달달해지는 봄밤도 남윤철 교사의 몫이어야 했다. 조금 먼저 천국에 갔을 뿐이라고 말하기에는 남은 사람들의 지옥이 뜨겁다. 여기 우리들의 명복을 빌어달라 말하고 싶다. 살아도 살아남은 목숨이 아닌 것만 같다.

2014. 6. 15.

걸어 다니는 무덤

봄이 질투할 열일곱. 손을 흔들면 크리스마스에도 꽃비가 내릴 것 같은 열일곱. 꽃밭을 걸어가면 꽃이 외려 고개 숙일 열일곱. 가랑잎 굴러가는 것만 봐도 웃을 나이가 아니라 웃으면 가랑잎도 굴러가는 나이 열일곱.

예은이는 열일곱이랍니다. 어여쁠 때죠. 제법 어른이 된 것처럼 까불다가도 엄마 아빠에게는 봄날 고양이가 되는 어린애죠. 눈썹에 맞춰 자른 앞머리가 귀여운, 실눈에 정이 담긴 아이죠. 달까지 걸어갔다 돌아와도 청춘이라서, 마음이 태양보다 뜨거울 시절이라서 꿈 바구니에 우주를 담아도 남죠. 가수가 되고 싶었다죠. 십칠 년이었으니 잠깐 무대에 선 거라고 생각할까요. 엄마 아빠에게 멋진 공연을 보여드리다가 끝내지 못했다고 할까요. 누가 방해했는지 잡아내야죠. 우리가 왜 이렇게 슬픈 공연을 봐야 하는지 다그쳐야겠죠.

사과 두 알 태몽으로 쌍둥이 언니가 있답니다. 다른 학교에 다녀서 예은이와 함께 가지 않았다죠. 언니는 언니, 동생은 동생, 부모에게 같은 딸이죠. 혼자 남은 언니를 보면 슬픔이 더하겠죠. 언니도 아이일 뿐인데 눈물은 누가 닦아주나요. 한쪽 날개로 날아야 할 테니 애당초 생각했던 방향이 달라지지 않을까요.

열일곱 예은이 아버지 유경근 씨. 자식을 잃으면 가슴에 묻는다는 말이 유행처럼 돌아다니죠. 죄 없는 죄인 경근 씨는 걸어 다니는 무덤이니 어쩌면 좋을까요. 천 근도 만 근도 넘을 무게를 담고 걷는 힘은 어디서 나올까요. 지쳐 쓰러지기 전에 진실이 밝혀지고 단죄가 행해져야 할 텐데 그럴 수 있을까요. 보탬이 된다면 부둥켜안고 울기라도 할까요. 촛불 아니라 횃불을 치켜들고 모일까요. 바라만 보는데도 가슴이 타들어갔으니 정작 당사자들은 오죽했을까요. 앞으로도 오죽할까요.

거리에서 보면 좋은 시절이겠다 싶은 예은이죠. 무심히 지나쳤을 아이죠. 행복하게 어른이 될 아이, 어쩌면 가수가 되어 사랑을 나눠줬을 아이를 이제 우리가 알죠. 잊을 수 없죠. 모두 잊을 테니 돌려달라 할까요. 그 아이 모른다고 고개를 저을 테니 활짝 웃던 예은이를 돌려달라고 누구에게 애원할까요. 우리 가슴속 수많은 예은이를 전부 합해도 부모님 가슴의 예은이가 되지는 않겠죠. 걸어 다니는 무덤 유경근 씨, 예은이 아빠 유경근 씨, 한마디만 건네도 주저앉을 것 같은 유경근 씨.

제3부

허락된
단 하나의
방법,
기다림

2014. 6. 16.

대답 없다고 멈출 수 없다

각본이 있었다면 기획한 자 누구인가. 주인공은 어떻게 선정했나. 신은 누구를 시켜 이런 영화를 찍는가. 신의 카메라는 끝까지 흔들리지 않고 촬영을 마쳤는가. 그렇다면 신은 영화광일 뿐인가. 한 장면도 모자이크가 없다면 신은 냉혈한 아닌가. 신 따위를 핑계대야 할 만큼 설명이 불가능한 일인가. 오죽하면 신 따위를 들먹이며 천국을 예감하겠나.

오후 내내 서재 창으로 숲을 바라봤다. 아까시 나무는 이파리가 작고 여럿이라 그런지 바람 지나가는 모습이 고스란히 찍힌다. 흐느적거리다가 잠잠하다가 팔랑거린다. 초록 바다가 떠오른다. 수심을 알 수 없는 바다, 내 안에 출렁거리는 바다, 생명을 품고 생명을 빼앗는 바다를 떠올렸다. 차갑다. 섬뜩하다. 상처엔 당장 항생제가 필요한데 기만의 바이러스만 늘어간다. 진실이라는 붕대도 없어 바람만 스쳐도 쓰라리다. 남겨진 이들은 그럴 것이다. 세상의 이면과 단면을 한꺼번에 보는 기분이다. 짐작대로 악몽이다. 증명하지 않아도 될 일을 누가 이토록 참혹하게 드러내는지 모르겠다.

첫 교사 생활을 단원고에서 시작한 최혜정(25) 선생님, 배에서 생일을 맞이했던 첫 담임 김초원 선생님, 어머니에게 아이들 구조해야 한다며 전화를 끊었다는 전수영 선생님을 생각해본다. 양승진, 고창석 선생님은 또 어디 계신가. 증언해줄 아이들이 없다고 이분들을 호명하지 않을 수 없다. 같은 땅을 디디고 살았지만 그들은 오랜 시간 바다에 잠겨 있었다. 동일한 시간대를 공유했으나 여기 없다. 그들의 시간은 끝났다. 그들에게는 더 이상 시계가 필요 없다. 우리는 폭주열차 지붕에 올라앉은 피난민 심정으로 산다. 좁다 떨어지면 끝이다. 힘센 자가 좁다고 밀치면 떨어지는 구조다. 최소한의 난간도 없는 대한민국이다. 평범하게 살아야 할 사람들이 가라앉은, 생사는 고사하고 어디 있는지도 모르는 사람들을 찾는 뉴스를 보며 애써야 헛일 아닌가 싶다. 하루하루를 감사히 지내면 그게 곧 천국이란 생각마저 든다.

국가도 하나의 생명체와 같다. 미친 나라에 산다. TV는 월드컵 소식을 전하느라 수다스럽다. 이거 사라 저거 좋다 채널마다 장터 분위기다. 일상이란 말의 온도가 서로 다름을 절감한다. 정부는 다 잊고 축구나 보는 게 일상이라 권유한다. 통닭 시켜놓고 맥주나 마시라 한다. 그게 일상이란다. 내 일상은 다르다. 꾸준히 아파하고 세상의 모순을 고민하고 그러면서도 할 일을 해내는 게 일상이다. 서로의 언어가 다른 의미를 가지는 걸 보니 대한민국은 붕괴가 가까운 바벨탑이다.

돌아왔지만 돌아가야 할 것 같다

생환을 축하드립니다. 이런 말을 들으면 어떠시겠습니까? 저라면 화가 날 겁니다. 생환이라니, 당연히 살아 돌아올 상황이었는데 대단한 작전이라도 있었던 것처럼 들리기 때문입니다. 그리고 구조대원이 하나라도 제 역할을 했습니까? 각자 알아서 탈출한 거 아닙니까? 배 밖으로 나온 사람들이 경비정으로 옮겨 타는 장면만 TV로 봤습니다. 해경은 구조를 위한 어떤 행동도 하지 않았죠. 안에서는 유리창을 깨려고 무언가를 휘두르는 모습이 비쳤는데 영영 그만이었습니다. 스스로 목숨을 구한 분들은 나중에 보셨거나 아직도 볼 엄두가 나지 않겠지만 국민들에게는 그 장면이 영원히 남을 겁니다. 잊을 수 없죠.

나만 살아 왔구나 하는 자책은 필요 없습니다. 돌아와 보니 여기도 지옥으로 변했구나 싶어서 돌아가겠다고 울먹일 이유도 없습니다. 죄책감이란 책임의 영역에서 발생하는 감정인데 세월호 참사는 그 부분이 왜곡됐습니다. 해경이 필사적으로 구출작전을 펴고 민간 참여도 적극적으로 유도했으면 보는 사람이나 배에 갇힌 사람이나 얼마간 죄책감을 덜 수 있었습니다. 그런데 상황이 어땠습니까? 구경까지는 아니겠지만 뭔가 석연찮고 사방에서 다른 말이 쏟아졌습니다. 정부의 발표와 현장의 소리는 전혀 달랐습니다. 이런 상황이 탈출한 분들에게 죄책감을 뒤집어씌웠습니다. 여러분 잘못은 하나도 없습니다. 아무렴, 남을 밀치고 혼자만 살겠다고 뛰쳐나왔느냔 말입니다. 정부는 무감각했고 구조도 엉망이었고 살아남은 사람들에게 죄책감까지 떠넘긴 채 모르쇠로 일관하고 있습니다. 이제 덮자고 딴청만 합니다.

본인들 건강만 생각하시면 됩니다. 죄책감은 정부가 씌운 것이니 털어버려야 합니다. 참담한 심정에 팽목항으로 돌아가시는 일은 서로에게 좋지 않습니다. 거기 남은 유족들은 또 무슨 인사를 건넬 수 있겠습니까. 스스로를 잘했다고 칭찬해야 합니다. 인간으로서 타인을 구조하기 위한 노력을 다했다고 확신해야 건강을 되찾을 수 있습니다. 자책해야 마땅한 정부를 두고 왜 여러분들이 잠을 설치고 음식도 넘기지 못해야 합니까. 도대체 무슨 잘못이 있다는 말입니까. 국민들 어느 누구도 살아 돌아온 여러분을 원망하지 않습니다. 어쩌다 그런 일을 겪었을까 싶어 걱정만 합니다. 부디 자신만을 돌아보시기 바랍니다. 지금은 어느 누구도 생각하지 말고 자신만을 치료해야 할 시간입니다. 한 가지 부탁드린다면 앞으로 진행될 법정소송에서 유족들이 눈물로 호소할 때 거들어 주시기 바랍니다. 현장의 진실을 가감 없이 외쳐주시면 고맙겠습니다. 그러기 위해서라도 지금은 여러분 건강만 돌보

셔야 합니다. 축하가 아니라 다행이란 말씀 올립니다. 다행입니다. 돌아오셨으니 다행입니다.

내가 보고 싶을 땐 노래를 불러주세요

음표 사이로 날아다니는 새를 보았다. 높은음자리표보다 날렵하고 매끄러웠다. 통통 뛸 때는 도돌이표를 연상시켰다. 건반 위에 흥건한 노을을 보았다. 두드리면 손가락에 붉은 봉숭아물이 들었을 것이다. 오선지를 엮어 만든 배를 보았다. 난바다에 띄워도 안심할 수 있겠다. 노래하는 꽃을 보았다. 영원히 지지 않기 위해 조금 일찍 져버린 꽃을 보았다. 눈물로 피는 꽃이 되었다. 한탄으로 향기를 삼는 꽃이 되었다. 절망과 울분으로 뿌리를 삼은 꽃이 되었다. 다 소용없다. 열일곱 양온유, 너는 너였어야 한다. 살아 미소 짓는 온유여야 했다.

친구를 구하겠다고 들어갔으나 자신도 목숨을 잃었다. 아니, 바깥에서 눈물 흘린 사람들 모두를 구조한 셈이다. 각박한 세상, 모순과 기만이 넘실거리는 현실의 바다에서 표류하는 영혼들을 구조한 거다. 온유가 있어서 세상이 아직 따듯함을 실감한다. 협잡꾼만 바글거리는 건 아니라고 안도하게 되었다. 인간의 본성은 이렇게 반듯하다고 힘을 낼 수 있게 만들었다. 나이만 먹어서 어른이 되는 건 아니라고 증명했다. 아들만 둘이라 딸이 얼마나 애틋한 존재인지 모르면서도 나는 온유의 발그레한 뺨을 사랑하게 되었다. 학교 가는 뒷모습과 들어오는 얼굴을 그릴 수 있게 되었다. 옆구리 한쪽이 무너진 느낌이다. 기울어진 척추를 언제 다시 세울까 막막해졌다. 내 새끼 거두고 사느라 정신없었다. 내 앞가림도 험난해서 주변을 돌아볼 여유조차 없었다. 내가 이만큼이나 사니 남들도 이만큼은 살겠거니 함부로 예단했다. 세상의 참혹이 한자리에 모일 때 다행스럽게 내가 거기 없었을 뿐이다. 온유가, 아이들이, 어른들이 배에 탔을 때 악마가 합승했던 거였다. 악마의 친구들이 구경만 했던 일이다.

보탤 말 없다. 어여쁜 딸을 어찌 보내셨냐고 조문하고 돌아서면 편해질까. 상투적인 걸 알면서도 그것 외에는 없음을 절감한다. 세상의 모든 논리와 철학을 동원해도 결국 상투적일 수밖에 없는 일이다. 사람이 죽었으니, 생사람들을 잡았으니 말이다. 죽음 앞에는 눈물만이 답이다. 우선은 같이 울어줄 일이다. 내 딸인 양 한탄해도 어색하지 않다. 넓고도 좁은 세상, 두어 다리 건너면 그들과 연이 닿지 않을 사람 누구인가. 슬픔을 공유하고 넓게 살자. 나 죽어 스러질 때 울어 줄 사람 많으면 좋지 않겠나. 죽은 나야 그만이라지만 남은 가족들에게 위안이라도 되지 않겠나 말이다. 어깨 걸고 외치는 일도 남은 우리들 몫이다. 비겁하게 유족들 앞세울 일 아니다. 자식 잃은 죄인이라 자책하는 분들에게 도리가 아니다. 온유는 다른 세상으로 갔다. 다시는 돌아오지 말아라. 차라리 거기서 부모님을 기다려라. 음악치료사가 꿈이라고 들었다. 천국에선 치료할 사람 없을 테니 이 지옥에 남은 우리들을 위해 음악을 들려주면 고맙겠다. 봄비 내리는 소리, 싸락눈 사각거리는 소리를 네가 보낸 음악이라 생각하련다. 천둥 치면 현弦 하나가 끊어졌다고 탄식하련다. 그리움에 끊어졌다고……

불편한 상상

영주의 성 주변에 사는 중세 농노들을 본다. 핍박당하고 아내를 빼앗
긴 사내가 있다. 그의 울분이 농축되다가 광기로 번진 참혹을 본다.
어여쁜 딸이 행여나 귀족의 눈에 띌까 전전긍긍하는 어미의 심정을
헤아린다. 만발하기도 전에 짓밟힌 영혼의 피를 어디 묻으랴. 솜털도
덜 벗겨진 아들이 전장에 끌려가 죽어 널브러진 가정도 곳곳이다. 삶
은 감자를 넘기다가 울컥 토해내는 저녁식탁을 그림으로라도 남기고
싶다. 굶주림이 일상화된 들판, 수탈이 소유를 넘어서는 창고, 자조
와 포기가 남루한 옷보다 흔한 골목을 천천히 걷는다. 벗어나고 싶어
다리에 힘을 주는데도 속도가 나지 않는다. 영영 벗어날 수 없는 건
아닐까 두렵다.

허리 굽은 노인이 괭이질하느라 덜컥거린다. 자신보다 나이 적은 소
작농이 병들어 누웠단다. 이랑 하나라도 거들어주고픈 마음이란다.
반이나 찼을까. 밀이 들었을 자루를 메고 가는 여인에게 어디 가느냐
물었다. 이웃이 끼니를 거른단다. 며칠 전에 출산했는데 땔거리가 끊

어졌단다. 언덕에 사람들이 모여 있다. 뒷모습이 무겁다. 아이 둘이 귀족 마차에 치어 죽었단다. 어미는 혼절하고 아비는 흙을 움켜쥐며 다 죽이겠다고 몸부림친다. 어깨 좁혀 둘러선 사람들 누구도 입을 열지 않는다. 치미는 분노를 참느라 가늘게 떨기만 한다. 이대로는 살 수 없다고 엎어버리자는 젊은이가 있다. 우리가 짐승이냐고, 누군가의 낮은 음성이 파헤쳐진 무덤으로 흘러내린다. 듣느라 멈춰선 바람이 도울 수 없는지 들판으로 가버린다. 노을이 붉다. 하늘도 내려다보느라 힘겹다는 안색이다. 벼락은 어디에 쓰려고 아끼는지, 지진은 왜 가난한 사람들만 묻어버리는지 대답 없다.

세월호를 생각하며 이렇게 쓴다. 팽목항 자원봉사자들 어려움을 떠올리는 순간 중세 유럽으로 공간이동 됐다. 진도 주민이 삼만이천이란다. 지금까지 진도를 찾은 자원봉사자는 삼만 하고도 오천을 넘었단다. 우리끼리 산다. 국가라는 테두리 안에서 우리끼리만 아파하고 결부축한다. 국가는, 정치인은 귀족인가. 그들이 누리라고 세금을 내는가. 어디에 얼마나 숨었는지 모르고 지불하는 간접세는 누가 인심 쓰는가. 민주주의란 우아한 폭력이다. 법이란 소수만을 위한 맹견이다. 피를 빨리는 줄도 모르고 오늘도 팽이질에 열중하는 노예는 또 얼마나 많은가. 그들까지 합세해서 세상을 개혁할 수 있을까. 그들은 영영 노예로 남거나 말거나 팽개치고 싶은 마음이 죄인가. 애달픈 마음으로 함께 한 공무원도 부지기수다. 왜 내게는 자원봉사자만 보이는가. 이 서글픈 착시현상을 누가 유발했는가 말이다. 슬픔만으로도 휘청거리는데 왜, 왜 원망까지 등에 얹는가. 그대들이 심어놓은 분노가 예리하게 증폭될 것이 두렵지도 않은가. 우리를 노예 취급하고도 그대들이 안전하리라 확신하는가.

2014. 6. 21.

표정 없는 저녁

죽음의 까마귀가 너희들을 향해 출발했을 시간이다. 악마의 미로 속
으로 출항하는 시간이다. 운명의 장기판이 외통수를 향해 한 수 넘어
가는 순간이다. 너희는 웃고 있구나. 모른다는 것은 행복이구나. 예
감조차 끼어들 틈이 없을 만큼 웃음소리는 찰기가 있구나. 카메라를
보고 있었을 텐데 나를 바라보는 것만 같아 옆구리로 담痰이 든다. 너
희들은 사진 속에서 영원히 웃을 텐데 바라보는 사람들은 평생 울게
됐구나. 학창시절 추억의 한 마당을 까마귀니, 악마니, 운명이니 따
위를 들먹여서 죄스럽다. 결과가 그렇다는 말이다. 파국으로 내몰리
지 않았을 일인데, 행복하게 끝났을 일정인데 뒤집힌 까닭에 입에 담
기도 싫은 말들을 한다.

수학여행, 기막힌 추억이지. 이 아저씨는 당시의 유행대로 경주를 갔
단다. 몇몇 곳을 둘러보고 지금 생각하면 말도 되지 않는 식사를 거
듭하고 달밤에 여관 마당에 불려나가 기합도 받고 교련선생님에게 얻
어터지기도 했단다. 박근혜 대통령의 아버지가 대통령을 하던 시대

였단다. 밤을 꼬박 새고 토함산을 뛰어올랐지. 뜨거운 청춘 아니냐. 너희들도 배에서 밤을 샜으리라 짐작한다. 비릿한 내음과 작열하는 폭죽과 바다로 흘러넘치는 웃음소리가 모두 너희들 소유 아니었겠냐. 배를 타고 제주도에 간다니 아저씨는 부러웠다. 배에서 하룻밤 친구들과 함께 보낸다니 또 다른 추억이다 싶어서 친구들하고 해보려는 참이었다. 너희들뿐이니 마구 떠들고 뛰어다니고 사진 찍고 몇몇은 사귀자고 고백도 했겠지. 그래도 되는 시간이다. 그래야 나중에 추억거리가 많아진다. 선생님도 놀려먹고 애인 이야기 해달라고 조르고 매점으로 모시고 가 오징어 사달라고 왕왕거려도 즐거운 밤이다. 그 시절 아니면 할 수 없는 일들을 해보는 거다.

하늘이 종일 표정 없이 어둡더니 이 글을 쓰는 사이에 소나기 내린다. 이 나라 힘깨나 쓴다는 어른들에게는 너희들 비극이 소나기와 같겠지만 부모에게는 펄펄 끓는 쇳물일 거다. 가슴을 관통하는 비수일 것이다. 잠시 멈추고 밖을 본다. 젖어 흔들리는 갈참나무, 회화나무, 느티나무를 본다. 산발한 여인이 울고 있다. 빗물이 흘러내리는 둥치가 어느 아버지의 등줄기로 보여 마음 눅눅해진다. 천국이란 말도 미안할 뿐이다. 할 말 없으니, 죄스러우니 천국에 갔다고 남은 우리끼리 위안을 삼는 일이다. 소나기 온다.

2014. 6. 23.

미신이 최고

오랜만에 장남하고 극장에 갔다. 머리나 식히려고 공상영화를 선택
했는데 톰 크루즈에게 배신당한 꼴이 됐다. 재미없는 영화의 엔딩 크
레딧이 올라가는 순간 장남이 "GOP 총기사고 발생했대요." 한다. 가
슴이 철렁했다. 막내가 화천 GOP에 있다. 다행히 거기는 아니고 동
부전선 고성 인근이란다. 부모라서, 자식을 전방 철책에 세워둔 입장
이라서 다행이란 말을 쓸 수밖에 없다. 우선은 내 새끼가 무사하니 다
행인 거다. 누가 내게 이기적 부모라고 한다면 달게 받겠다. 안도는
잠깐이고 여진이 계속된다. 청춘들 다섯이나 죽었으니 안타깝고 부
모는 또 가슴을 뜯으며 절규하고 있을 일이다. 다 키워서 국가에 빌
려줬더니 죽어서 돌려주는 꼴이다. 일을 저지른 녀석도 극심한 두려
움에 몸을 떨고 있겠다. 극단적 선택을 감행하는 장면이 떠올라 머릿
속이 피투성이로 변한다. 제일 불쌍한 사람은 녀석의 부모들 아닌가
싶다. 무고하게 죽은 병사들과 그 부모도 불쌍하지만 아들이 일을 저
질렀으니 그 죄책감과 아들의 생사 여부까지 합세해서 가슴이 터지
는 심정일 거다.

문득 문득 대통령 탓을 하게 된다. 깜냥도 아닌 사람이 자리를 차지하고 앉는 바람에 이토록 어처구니없는 죽음이 연속되는 거 아닌가. 효자동 개가 짖어도 노무현 때문이라는 비아냥거림이 유행했었다. 사람이 수백 명씩 눈앞에서 죽어가고 전방에서는 규칙을 생각하면 말도 되지 않는 총기사고가 발생했으니 대통령 때문이 맞다. 남대문은 왜 불탔겠는가. 도대체 머리에 뭐가 들었는지 모를 사람이 대통령 자리를 차지했으니 국보가 불타는 사달이 벌어진 거다. 세월호 참사가 하느님 뜻이라는 목사도 있으니 역시나 종교와 미신은 단지 신도의 숫자로 판가름 나는 일이다.

미신을 믿기로 했다. 이 모두가 대통령이 부덕한 탓이고 자격도 없는 사람이 자리를 차지한 탓이고 빨리 물러나지 않아서 거듭되는 재앙이라고 믿기로 했다. 대통령이 잠을 이루지 못한다는 기사가 보이지 않는다. 원통하게 죽은 영혼들이 몰려가 머리를 뜯었을 텐데 이상하다. 아니겠다. 그래봐야 무능하고 철면피라 소용없음을 먼저 알아버린 거다. 정부 당국자도 자신들 이권과 알력 때문에 신경 쓰지 않음을 예감한 거다. 부모 꿈자리에 나타나야 괴롭기만 하니까 아예 멀리 멀리 떨어져 당분간 이승은 쳐다보지도 않으려는 거다. 죽어서도 눈치를 봐야 하고 죽어서도 어디 하소연할 곳이 없는 세월호 영혼들이다. GOP에서 죽은 청춘들은 또 어쩐단 말이냐. 설마 국방부가 지금 또 무엇을 숨기려 애를 쓰는 건 아니길 바란다. 이러니 정부고 대통령이고 믿을 거 없다. 미신이 최고다. 돼지머리 얹어 푸닥거리나 하고 작두 잘

타는 만신 불러다가 저주라도 퍼부으련다. 세월호 관련자 전부가 급살 맞으라고 비손하련다. 작금의 대한민국과 미신이라니 이보다 찰떡궁합이 어디 있겠나. 인형과 바늘을 준비해야겠다. 추적추적 비까지 분위기 맞춰주는 자정이다. 식칼도 제일 큰 걸로 하나 꺼내야겠다.

2014. 6. 23.

당신이니까 늦더라도 기다리려네

당신 없는데 능소화가 피었네. 나는 꽃을 기다린 게 아닌데 상의도 없이 혼몽昏懜이네. 허락할 기력조차 잃었는데 시절이 됐다고 저리 붉네. 당신은 물속에서 나를 부르는지, 설마 영영 나오지 못한다고 낙담했는지 차갑던 바람도 촉이 무뎌지고 한낮은 덥기까지 하네. 봄도 해류 따라 가버리고 담장 너머로 당신이 건네주던 장미도 끝물인데 나는 여적 봄이고 철모르는 큰 녀석 뒤통수를 바라만 보네. 정수리에 코를 대면 시큼한 사내 냄새가 당신인 것만 같네. 휘도는 가마가 현기증만 불러오네. 당신이 오지도 내가 가지도 못하는 바다처럼 맴돌고 있네. 기다림 말고는 방법이 없네. 수면이 이승과 저승의 경계여서 그저 바다를 바라보는 하루네. 이승의 아침이란 눈물뿐이고 저녁은 노을 혼자 타다가 숯덩이를 던지고 가네. 재만 남은 내게 되살리란 뜻인지 하루가 또 저렇게 침몰하고 말았네.

다시 만나거든 헤어지지 말자고 다짐해보네. 불덩이 속이라도 따라가겠다고 천 번이고 되뇌다가 어린 것들 이마를 보면 허물어지네. 아

빠 빨리 왔으면 좋겠다는 종알거림이 슬픈 새의 울음으로 들리네. 그
림 그리고 편지도 쓰고 당신 좋아라 하던 옷가지와 신발도 팽목항 방
파제에 모아놓았네. 어두워지면 홀로 다녀가는 건 아닌지 자리를 비
울 수 없네. 강건하던 육신은 스러졌겠네. 영혼으로 오는 당신이 흠
향만 하고 돌아간다 싶어 차마 진설陳設이라 말하지 못하겠네. 반가운
것들 때문에라도 돌아오리란 기대를 버리지 않으려네. 내 남자 고창
석, 당신을 기다리네. 방법이 없어 기다리기만 하네. 소용없는 일인
줄 알면서도 사랑한다고 사랑한다고 기도하네. 듣고 있으리란 믿음
은 나의 것이네. 세상 모든 강물이 짠물로 변하더라도 마르지 않을 눈
물이네. 내 눈물 앞에선 바다도 외려 묽을 뿐이네. 한 발짝 뗄 때마다
열두 번도 더 무너지는 마음이지만 뼈가 녹을 때까지 견딜 수 있겠네.
돌아와 내 손으로 당신 쓰다듬을 때까지는 죽어도 죽지 않겠네. 늑장부리
는 열두 명 모두 함께 나오기를 기대하려네. 남보다 늦더라도 기다리
려네. 내 남자 고창석.

2014. 6. 25.

소유권의 오류

다람쥐는 제 것을 가져가면서도 눈치 본다. 야생에서 생존에 필수적인 예민함이라고 단언할 일은 아니다. 학습을 통해 각인된 유전자가 있을 것이다. 포식자에게 갈가리 찢기는 모습 말이다. 머리와 거죽만 널브러진 현장을 배회하는 다람쥐의 악몽을 생각한다.

단원고 아이들이 등교한다. 참사 71일 만에 74명이 가까스로 등교한다. 줄지어 선 부모들과 포옹하며 학교로 들어간다. 여기서 부모란 제 새끼는 잃어버린 부모들이다. 잊지 말아달라는 부탁 외에는 모든 안부와 격려와 관심을 거부한 아이들의 심사에 공감한다. 그냥 평범한 고교생으로 봐달라는 기저에는 아이들만의 후회와 부담감이 무성할 거다. 세상에 대한 원망을 해소할 능력도 분위기도 되지 않는 까닭에 차라리 관심도 끊어 달라 호소하는 중이다. 떠난 아이들 몫까지 행복하라는 말을 꺼내지 않겠다. 흔한 수사법이지만 축복도 아니고 부담이다. 개중에는 말썽꾸러기도 있을 테니 이참에 공부 열심히 하란 뜻으로 받아들이며 곤혹스러울 거다. 몇몇은 아예 여행에 동참하지도 않았다가 비극의 중앙에 선 꼴이기도 하겠다. 그래, 불가능에 가깝다만 너희는 너희 인생을 살아라. 공부하기 싫은 녀석은 하던 대로 놀아도 좋고 골목을 배회하고 여학생이나 따라다니던 녀석도 괜찮다. 악몽을 털어버리기만 해라. 친구 하나라도 구할 수 있었겠다 싶은 후회를 동력 삼아 열심히 살라는 말은 어른들의 논리일 뿐이고 관객의 덕담에 가깝다. 그냥 털어버려라. 잊을 수 없겠지만 잊어버려라. 잊지 못하겠다면 가슴 제일 깊은 곳에 가라앉혀라. 후회만 하지 말아라. 나 혼자 비겁했다는 후회 따위만 하지 말아라.

왜곡된 세상을 산다. 악마의 각본인 까닭이겠지만 아이들이 제 학교 가면서 저리 고개 숙여야 하나. 왜 살아남은 자가 죄인이 되고 눈물을 흘려야 하나. 전원이 살았으면 얼마간 치료 뒤에 박수갈채 받으며 웃었을 길이 형무소 입구처럼 느껴진다. 악마의 각본이란 구절에 안도하는 인간이 있음을 안다. 미안하지만 내가 지칭하는 악마란 바로 당신들이다.

2014. 6. 26.

지성이면 감천이라지만

지성을 다해야 겨우 들어주는 하늘이 야속하다. 내 어머니는 결혼 13
년 동안 내리 딸만 셋을 낳고 아들을 보셨단다. 칠갑산 돌부처 중에
어머니 떡을 드시지 않은 이가 없을 거라 했으니 다들 너무하셨다. 그
렇게 점지 받은 아들이 별반 시원찮게 산다. 경영 잘못한 장본인들은
따로 있는데 회사 잘리고 어정쩡 실업급여 받으러 가서 지청구나 먹
는다. 그래도 난 살아 있다. 생활비 쪼개면서라도 팔순 노모 모시고
산다. 어머니보다 오래 살아야겠다.

바다가 몽니 부리는 바람에 70일 만에 딸을 돌려받은 어미가 있다. 사
고 보름 만에 거처도 아예 팽목항으로 옮겼다. 하루도 거르지 않고 삼
시 세 끼 밥을 지어 등대 밑에 상을 차렸던 어미다. 극한 상황에서는
여자가 더 강인하다 했던가. 아비는 몸져누웠다. 링거에 묶인 몸이나
마찬가지다. 내 어머니 떡을 받아 드신 돌부처들이 원망스런 이치대
로 바다에게 덤터기를 씌웠다만 바다야말로 무슨 죄인가. 왜 가만있
는데 생목숨들을 쏟아 붓고 건져 가지 않는가. 어쩌라고, 어쩌자고 이

제3부. 허락된 단 하나의 방법, 기다림   **137**

따위 만행을 저지르는가. 시신확인서를 받아 들고 안도해야 하는 부모는 무슨 죄인가. 시신확인서는 영혼으로 거듭났음을 알리는 출생증명서인가. 그대들은 분명 물에 잠기는 벌을 받으리라. 죽을 만하면 건져내고 또 담갔다가 죽겠다 싶으면 다시 건져내는 야차夜叉와 영원히 함께하리라. 저주와 진혼곡을 한 지면에 담기 싫다만 팍팍하게 살아온 내 입장에선 죽어 돌아온 아이에게 분풀이라도 될까 싶다. 저주는 내 가슴에 두고 진혼곡은 여기 붙인다. 열여덟 윤민지 학생아 맴돌다 가라.

상차림

천지를 운영하는 해와 달은
모정이 애달파 건드리지 않는다
심성 무른 바람은 들춰보고 달려간다
해수면에 이승의 언어가 아닌 문장을 쓴다
아이가 읽었는지 출렁거린다
꺼내달라고 뭉개진 손을 젓는다

하루 세 끼니 더운밥으로
좋아라 했던 간식으로 어미는 상을 차린다
사잣밥을 끼니라고 되뇌면서

눈물로 간을 한 진설陳設을
어서 와 한 술 뜨라고 등대 아래 서성거린다
마음은 타들어가 꺼지지 않는 불길인데 등대는 묵묵부답
바다와 내통하면서도 말이 없다

두 달 하고도 열흘 지나 돌아온 딸
시신확인서를 출생증명서처럼 받아들고 안도해야 하는
부모는 윤회의 모든 죄를 이번 생에서 치렀다
몫이 많다고, 잘못 부과된 죄라고
죄인은 따로 있다고 하늘이 붉게 운다
하늘 아래 머리 검은 짐승은 모두 운다

아이가 돌아왔으니 제사상이 됐다고
한 술씩 거들어줘야 저승길에 더부룩하지 않다고
해는 눈부신 젓가락으로 달은 푸른 수저로
문상객을 자청한다 종일 자리를 비우지 않는다
바람은 흠흠, 어미의 눈물 냄새를 맡는다
구부러진 등으로 어미와 아비가
이목구비를 잃어버리고도 부모를 찾은 아이가
함께 살 수 없게 된 집으로 간다

2014. 6. 28.

어미만 쓰는 안경

막내 첫 면회 갔던 날이었다. 훈련소 마치고 자대배치 받았으니 이제 견디면 되는 시간들이라고 어깨를 두드려줬다. 한나절 면회 끝나고 다시 부대 체육관에 고만고만한 새내기 군인들이 모여 앉았을 때 나는 녀석의 뒤통수를 찾느라 두리번거렸다. 아내는 단박에 알아보는 거였다. 어디 봐도 내 새끼는 보인다. 뒤통수만 봐도 누가 내 새끼인지 단박에 알아챈다. 어미는 이런 존재다. 어미에게만 주어지는 능력이고 형벌이다.

다른 애들은 죄다 살아서 학교로 돌아가는 것만 같았겠다. 남의 집은 행운이고 전생의 죄도 없고 조상도 잘 만나서 무탈하게 교복을 다시 입은 거라고 한탄도 했겠다. 우는 아이들 보며 내 새끼가 마지막으로 흘렸을 눈물을 떠올렸겠다. 가방 멘 어깨를 보며 내 새끼 가방의 무게를 가늠했겠다. 돌아온다면, 천만 근이라도 대신 메줄 수 있다고 입술을 깨물었겠다. 소용없는 일임을 알아서 울기만 한다. 유품을 치우지도 버리지도 그대로 두지도 못해 방문이 지옥문과 다름없다. 열지

140

도 못한다. 기울어진 창문으로 아이들 어룽거리던 장면이 떠오를 때마다 얼음송곳이 가슴을 관통한다. 열 손가락에 불이 붙는다. 너희들이라도 살아 돌아왔으니 다행이다 싶으면서 내 새끼는 없다고 절망한다. 알면서, 살아온 아이들만 걸어가는 길인 줄 알고 나왔으면서 혹시나 찾아본다. 어미의 눈으로도 보이지 않는 아들이다. 단원고 2학년 8반 임현진이 보이지 않는다. 눈물 때문이 아니다. 슬픔이 장마철 탁류로 흘러내리는 언덕이다. 어미는 휩쓸려가지 않는 나무로 서 있다. 어미의 뿌리는 슬픔의 중심까지 닿아 있다.

어미만 쓰는 안경이 있다. 도두보인다는 말이 있다. 특출해서가 아니라 내 새끼라서 단박에 알아보는 거다. 어미에게만 씌워지는 안경이 있다. 보이지 않는데 보이는 안경이다. 볼 때마다 혼절하는데 끊임없이 보이는 안경이다. 벗어지지도 않는다. 흐려질 때까지 견뎌야만 한다. 내 새끼만 보이다가 천 년이고 만 년이고 지난 연후에 다른 얼굴도 보이기 시작할 거다. 그때가 언제인지 신도 장담하지 못한다. 신이라도 어미와 새끼가 서로 친친 감은 끈의 유효기간을 정할 수 있겠는가 말이다. 아이들은 학교로 가고 어미는 집으로 돌아간다. 영영 귀가하지 않을 내 새끼를 기다린다.

2014. 6. 29.

지상에서 반 뼘

천국은 어디에 있을까요. 험악한 먹장구름 위로 한참이나 더 날아가
면 있을까요. 낮은 울타리에 가시 없는 넝쿨장미가 사철 붉고 새와 사
람이 서로의 안부를 물을 수 있나요. 설산 정상에서 목이 터져라 부
르면 안내자가 응답하는 건가요. 아깝지만 거기 육신을 두고 가벼워
질 수 있을까요. 바다에 가라앉아 바닥을 두드리면 흰 옷 입은 천사
가 문을 열어주나요. 비린 것들과 호흡하며 허공인 듯 물속을 유영하
는 곳이 천국인가요. 천국 사람들은 입이 없을 거예요. 칭찬도 덕담
도 더는 아쉽지 않고 비난과 누명은 애당초 절멸한 곳이기 때문이죠.
그런 곳이라면 사양할래요. 나는 아직 엄마 아빠와 나눌 이야기가 별
보다 많고 친구들과 싸우고 화해하고 싶거든요. 연애도 불같이 저지
르고 때론 후회해도 괜찮아요. 백지 위의 내 디자인이 상품화되는 기
쁨도 만끽하겠어요. 내가 보는 세상은 하늘이 보라색, 아파트보다 큰
나무가 새들을 품고 아닌 척 시치미 떼는 곳이죠.

잊지 않는다는 다짐은 허망한 약속 아닌가요. 무릎의 상처가 아물듯

기억도 시간과 함께 흐려질 테니까 흔적만 남을 일이죠. 흉터를 어루만지면서 그땐 그랬지 회상한대도 원망하지 않아요. 원망을 전할 방법도 없어요. 그때는 세상의 모든 악마가 우리를 에워싸고 있다는 두려움에 떨었다고 엷게 미소 짓는 이도 있겠지만 악마는 지금도 그곳을 배회하고 있답니다. 여기서는 보여요. 공부하고 웃고 떠들고 술 마시고 누군가는 죽고 누군가는 다치는 거기에 악마가 사람들과 같은 얼굴로 같은 옷을 입고 배회해요. 천국은 어디일까요. 단원고 2학년 3반 17번 박예슬이 친구들과 함께 모인 이곳인가요. 아직도 어리둥절 돌아가려 발을 구르는 여기가 천국인가요. 내가 아는 천국은 여기가 아니죠. 내가 꿈꾸던 천국은 하이힐의 높이죠. 반 뼘 올라서서 또각또각 걸어가는 느낌이 천국이죠. 어른들은 몰라요. 꿈이 천국보다 높고 천국보다 아름다운 게 꿈이란 걸 몰라요. 제 이름으로 열리는 전시회 소식을 들었어요. 기쁘지만 엄마의 눈물을 보았기에 기쁘지 않아요. 무기한이라면서요. 그런 전시도 있나요. 우리들 억울함을 풀기 위해 필요한 시간도 무기한이란 말인가요. 기다릴게요. 우리를 잊지 않겠다고 다짐하진 말아요. 잊었는데 찾아가서 상처받긴 싫어요. 천국은 반 뼘 높이, 어디서건 뒤꿈치를 살짝 들면 거기가 천국이었어요.

2014. 7. 10.

전부와 일부

기록된 사람을 기억하게 된다. 기록이란 자신의 삶을 돌아보고 예견하고 희망하는 일이다. 치욕으로 점철된 과거일지라도 문장으로 남기면 거기서는 곰팡이가 아니라 새싹이 올라올 것이다. 제대로 가꾸면 꽃도 피고 그늘도 넓어져 고단한 심신이 쉬어갈 수 있다. 청춘이라도 돌아볼 과거는 있고 청춘이기에 어설픔과 후회가 소용돌이치기도 하는 거다. 이처럼 기록이란 단순한 과거의 나열이 아니라 미래에 대한 각성을 내포한다. 기록이 기억을 지배한다.

단원고 박수현 학생의 버킷리스트가 현실로 옮겨진다. 80여 음악인들이 서명을 하며 '뮤지션 서명 받기'를 진행 중이다. 해당 분야의 사람들이 자발적으로 참여하고 일부는 가족이 앞으로 채워나갈 예정이다. 누구인들 버킷리스트가 없겠냐고 말할 일 아니다. 뜬구름 바라보는 자세로 스치는 생각들만 난무한 경우가 대부분 아닐까. 또박또박 적어놓은 경우는 의외로 많지 않다. 수현 군은 자신이 이루고자 했던 일들을 기록하는 바람에 더 오래 기억되게 되었다. 그러나, 기억된다

144

고 달라질 것은 없다는 생각에 이르러서는 절망한다. 그날 이후로 익
숙해진 절망감이다. 누구나 잊히지 않으려는 욕망이 있다. 잊지 않겠
다는 다짐이 슬픔에 대한 치료제가 되지는 않는다. 잊는 사람은 처음
부터 기억할 마음이 없었던 거다. 잊자고 부추기는 사람은 어떻게든
덮어버리고 싶은 부류들이다.

엄마와 누나가 박수현 군의 목표였던 '책 2000권 읽기'를 진행하고
있단다. 어떤 책을 꺼내도 갈피마다 눈물일 텐데 언제 다 읽겠나. 유
익하다 싶은 내용을 만날 때마다 이걸 읽어보지도 못하고 떠난 아들
생각에 미어지는 가슴은 누가 위무해주나. 누나는 또래라서 심정적
으로 더 가까울 건데 무시로 일렁이는 눈물을 무슨 수로 엄마 몰래 흘
리나. 세계 여행도 가야할 건데, 절경마다 박수현이란 이름을 새겨놓
고 싶을 건데 누가 허락해주나.

노력해야 기억된다면 타인이고 잊어버리려 애를 써도 선연히 떠오른다면 가
족이다. 어쩔 수 없는 구분이다. 그러나 가족이 하지 못할 일들도 많
다. 가족이라서 차마 꺼내지 못하는 말들은 사회가 대신해줘야 한다.
경사에는 손님이 적어도 내 기쁨으로 행복하지만 애사에는 조문객이
많아야 한다. 찾아와 한 조각씩이라도 슬픔을 들고 돌아가야 한다. 그
게 함께 사는 책임과 공감이다. 어린 친구 버킷리스트를 완성한다고
뭐가 달라지겠느냐 말하는 사람은 이 슬픔의 소용돌이에서 빠져도 좋
다. 그러나 당신이 주인공이 되었을 때 아무도 없을 거라고 확신한다.

비난이나 저주가 아니라 세상 이치가 그렇다. 그게 사람의 도리고 애틋함이다. 박수현 군의 버킷리스트를 한 줄씩 읽어 보니 어설프고 재밌고 귀엽고…… 아프다.

2014. 7. 11.

순례와 순리

간다. 젖은 시신을 거둬 돌아왔다만 내 새끼 죽은 곳으로 다시 간다. 염천을 등에 지고도 가슴에 빙하가 밀려오고 있으니 삼복더위쯤 하찮다. 지옥불도 뜨겁지 않으리라 나서는 것은 분노의 잉걸이 거세지기 때문이다. 거짓의 풍구질만 거듭되고 몰염치란 기름이 무더기로 부어지는 까닭이다. 새끼 잃은 부모보다 위태로운 존재가 어디 있으랴. 방 하나가 빈 집에 앉아 밤을 지새우는 부부보다 날이 선 칼이 또 있으랴. 가만 두면 제 설움에 스러져 죽음 앞까지 다다를 사람들이다. 위로하고 위로해도 마음을 다잡지 못할 사람들이다. 평생 지우려 하지도, 지워지지도 않을 문신이 등에 새겨진 죄인들이다. 누가 참혹의 그림을 그렸는가. 누가 죄라고 명명했는가.

휘청거리며 간다. 카메라 앞에 무릎 꿇고 눈물을 쏟는다. 한 줌 덜어내고 가면 한 걸음이나마 수월하려니 생각하다가 둘러선 사람들의 눈물까지 지고 가는 형국이라 걸음이 천근이고 어깨가 만근이다. 배웅하는 마음도 이미 따라나선 셈이다. 부모에겐 새끼가 종교임을 세상의 어미들은 다 안다. 세상의 아비들 모두가 제 새끼에게는 열혈신도다. 순례라 제목을 붙이고는 원한이라 읽는다. 진실을 덮으려는 자들에게 달려가는 모습이면 차라리 후련하겠다고 주먹을 쥔다. 등에 진 십자가에 그들을 매달아버릴 자격이 우리에게 있다. 휘두른 만장을 찢어 그들을 결박할 힘이 우리에게 충분하다. 그러나 세상은 잠잠하다. 다만 눈물로 배웅하고 각지에서 따라나설 뿐이다.

가다가 돌아오기를, 팽목항까지 가기 전에 진실이 밝혀지기를 희망한다. 근간의 작태들을 보며 희망일 뿐임을 예감하고도 희망한다. 순례할 인간들은 따로 있다. 가시넝쿨을 몸에 두르고 맨발로 팽목항까지 가야 한다. 제 살을 찢어 씹으며 지옥까지 걸어가야 할 인간들은 따로 있다. 순리대로 살아온 아비들이, 동생 잃은 누나가 가야할 길이 아니다. 순리대로 방송을 따른 아이들은 죽었다. 순리대로 밝혀지고 처벌될 거라 기다리던 부모들도 죽은 것과 다름없다. 이 땅의 순리란 떼죽음으로 가는 내리막인가. 이 땅에서 해낼 수 있는 일이란 참혹의 순례밖에 없는가.

세월호 희생자인 이승현 학생 아버지와 누나 그리고 김웅기 학생 아버지의 여정에 응원이란 말을 붙일 수 없다. 팽목항 방향이 희망은 아니지 않은가. 몸조심하시란 말도 의미 없다. 새끼 앞세우고 허깨비가 된 지 백 일이 멀지 않았는데 몸조심이 무슨 소용이란 말인가. 왜 이들이 잊지 말아달라고 걸어야 하나 말이다. 아직도 피가 흐르는 상처를 안고 거길 왜 또 가야 하나 말이다. 우리 모두는 안다. 알아서 억울하고 알기 때문에 분노하지만 참극 백 일이 다 되도록 이러고만 있다.

2014. 7. 12.

야만을 원하는 사람은 없다

남을 죽인 자는 죽어야 한다는 논리에 공감하게 되었다. 어디선가 줄
초상이 벌어지겠다. 그만큼 지금의 나는 강파리하게 변해버렸다. 남
의 눈을 상하게 한 자는 그 눈을 뽑는다니 대한민국이 이렇게만 돌아
가면 시원하겠다. 제대로 보지 못하고, 보려고도 하지 않는 자들에게
눈이 무슨 필요 있겠나. 뽑아버려 마땅하다. 자청한 극단이 아니라 거
기까지 떠밀린 거다. 잠재적 폭력성이 아니다. 평화로운 대나무를 저
들이 스스로 죽창으로 깎아낸 거다. 찌를 일만 남았다. 평형을 이룰
수 없으니 치우치고 말았다.

세월호 특별법 제정을 위한 [희망의 노란봉투]를 본다. 『시사인』에 세
월호 유가족들 명의로 동봉된 봉투다. 나야 청계광장에서 했으니 저
녁에 가족들 서명해서 발송해야겠다. 한 줄 서명이 무슨 힘이 있느냐
한탄할 일 아니다. 천만 시민이 요청하는데도 외면한다면 천만 시민
이 그들을 끌어내리겠다는 뜻이다. 피해자가 제일 답답하지만 피해자가
나서야 한다면 법치국가가 아니다. 이들은 급작스러운 슬픔을 감당할 수

없어 혼절하는 상황이다. 정신이 들면 아이 이름을 부르다가 쓰러지는 형국이다. 그들이 왜 복잡한 서명운동에 나서야 하는가. 왜 촛불집회 단상에 올라 눈물을 보이고 도움을 애원해야 하는가. 희망이라니. 진실을 밝히고 죄인을 처벌해야 당연한 일에 희망이란 단어를 써야 하나. 나는 또 왜 희망이란 단어에서 희미하나마 불가능을 예감하는가. 이런 패배주의는 누가 나 몰래 심어놓았나.

서로의 눈을 뽑는 사회를 원치 않는다. 결국 맹인만 더듬거리는 대한민국으로 전락할 일이다. 법이 악용되어 힘없는 사람들만 맹인이 될 것 같다. 다같이 눈 뜨고 푸른 하늘을 보며 살자. 그러려면 단죄해야 한다. 책임자는 법에 따라 처벌받고 대통령도 그에 합당한 처신을 해야 한다. 노란봉투는 사회안전망 바깥의 형편이 어려운 사람을 돕는 일에만 쓰이기를 소망한다. 보다 아름다운 환경을 위한 시민운동에 노란봉투가 산더미로 쌓였으면 좋겠다. 눈 감고도 알 만한 일을 천만이 서명해야 밝힐 수 있다면 국가가 아니다. 국가가 아니니 대통령도 필요 없다. 끝까지 버틴다면 어쩌겠나. 당신들 눈을 뽑을 밖에.

내가 악마라면 당신들 책임이다

날이 덥다만 흥겨우니 그만이다. 유치원 재롱잔치 때는 사는 게 버거워 참석도 못했는데 저만큼이나 큰 녀석이 달리는 걸 보니 기린 같다. 꾀만 부리는 강아지라고 놀렸는데 내 딸 어느새 사슴이 됐구나. 녀석들 연애도 한창이겠다. 공부야 잘하면 좋지만 어쩌겠냐. 공부 못하는 게 문제라도 그것 때문에 나머지 전부를 잃는 건 바보란다. 건강이 제일이고 바른 생각이 최고란다. 아들아, 딸아, 뛰고 또 뛰어라. 어른들이 함부로 세운 담을 넘어라. 멋대로 그은 선은 밟아도 반칙 아니란다. 아들아, 딸아, 엄마 아빠 박수 소리가 들리지 않을 때까지 뛰고 또 뛰어라…… 해야 할 모습 아니겠나. 어미가 아비가 제 자식 반 번호를 등에 쓰고 앉아 왁자지껄 응원에 열을 올리는 모습이어야 옳지 않겠는가 말이다. 운동회는 초등학생만 하나. 고등학생도 가족과 함께 모여 하루를 신나게 놀아야 할 나이 아닌가. 어른인 척 으스대지만 아직 부모의 손때가 절실한 어린애들 아닌가.

『시사인』 기자가 찍은 사진을 본다. 무슨 번호인가 했다. 각자 아이의

반 번호를 등에 새긴 거란다. 숫자 안에 희생된 아이들 이름이 들어 있다. 평소라면 재치 충만한 아이디어라고 칭찬했을 테지만 서글프다. 세월호 가족들 지원하는 분들이 모여 아이디어를 냈겠다. 아니면 세월호 가족들이 직접 제작했겠다. 좋은 아이디어다 싶으면서 그만한 크기로 마음이 아리다. 저들이 왜 길바닥에 앉아 있나. 왜 단상에 올라가 눈물을 훔치고 울대에 힘을 주나. 난생 처음 그런 자리에 올라갔을 텐데 슬픔이 용기로 작동했을 거다. 분노가 더 큰 목소리를 내도록 도왔을 거다.

세월호 가족들 앉아 있는 간격 사이로 횡행하는 악마를 느낀다. 거리의 흔한 방법이듯 돈으로 저들을 분리하려는 세력이 있을 것 같다. 몇몇을 먼저 접촉해 세월호 가족들의 분노를 돌려보려는 세력을 찾아낼 눈이 내게 있으면 좋겠다. 뭉치면 골치 아프니까 말하자면 각개격파를 노리는 악마를 숨아낼 힘이 내게 있다면 당장 목을 잡아채겠다. 죽은 자식 앞세워 돈 벌려는 사람들이라고 악담을 해대는 자가 있다는데 보이기만 하면 입을 찢어버리겠다. 세월호 가족들이 바라는 건 그게 아니다. 내 자식이 죽었는데 100일이 가깝도록 왜 죽었는지도 모르니 알아보겠다는 심정이다. 탈출할 수 있었는데 전부가 목숨을 잃었으니 누구 잘못인가 밝히라는 거다. 당신이라면 자식이 죽어가는 모습을 생중계로 지켜보고 돈 내놔라 하겠는가. 돈 주면 대충 넘어가겠다고 지갑을 벌리겠는가. 자신의 안위를 위해서 거짓말을 해야 할 처지라면 차라리 침묵해라. 출세 해보겠다고 나선 벼슬길이라도 그건 아니다. 당신들 지역구에도 고등학생이 있다. 조만간 투표권을 가질 청년들이다. 당신들은 집에 있는 가족에게 부끄럽지 않은가. 자식이 있다면 수학여행 보내겠는가 말이다. 비행기라고 안전하지 않다. 적어도 당신들이 관계된 비행기라면 안전하지 않을 것이다. 이건 악담이 아니라 예언이다. 이렇게 서로가 악만 남은 세상이 되었다.

2014. 7. 14.

딸아, 돌아보지 말고 가렴

음식은 보딩패스boarding pass다. 추억의 시간으로 날아가기 위한 첫걸음
이다. 추억의 장소로 옮겨주는 비행기다. 자신이 즐기던 음식은 상처
를 위무하는 항생제이고 안식을 마련해주는 진통제다. 자식이 좋아
하던 음식이라면 더욱 강력한 초청 능력을 가진다. 그러나 이륙하는
순간의 현기증을 막을 길 없다. 부재의 장소로, 시간으로 날아가는 것
은 정신적 망명이다. 돌아와야만 하는 망명이라서 슬픔의 행로가 되
는 것이다. 막막하게 떠 있다가 착륙할 곳이 없음을 절감하는 비행이
다.

즐기던 떡을 마다하는 어미가 있다. 입맛이 뚝 닮아서 역시나 떡을 좋
아하던 딸을 잃은 어미가 주저앉는다. 자식 앞세우고 내 입 하나 달달하
겠다는 것만 같아 식음을 전폐한 어미가 운다. 딸은 수영을 잘했단다. 제
몸 하나는 능히 빠져나올 수 있었을 거란다. 선생님 아니랄까 봐 5층
에 머물다가 아이들 구하겠다고 아래로 내려갔단다. 발목이 부러진
채로 3층에서 발견됐단다. 한 달도 넘어서 젖은 몸으로 돌아왔단다.

어미 또한 교사였던 까닭에 슬픔을 슬픔으로 토해내지도 못하고 참 았단다. 진도 체육관서 자원봉사 했단다. 딸에게 "엄마 잘하고 있지?" 물으며 숨죽여 울었단다. 혼자 도망 나온 것도 아니고 배 안에 함께 갇혔는데 무슨 죄라고 말을 아꼈단다. 이태 전까지 자신도 교사였던 까닭에 목숨 잃은 아이들 생각으로 몸을 움츠렸단다.

딸의 이름을 되뇌며 운다. 전수영, 내 딸 전수영을 부르며 울다가 아니지 싶어 울대에 힘을 준다. 울어도 되는 일이다만 울면 영혼이 편히 가지 못한다는 말에 참는 게 부모다. 모녀가 좋아라 하던 떡도 입에 대지 않다가 이러지 말아야지 싶어 집어 드는 게 어미다. 딸바보 아비도 견딜 방법이 없는 슬픔이다. 눈 붉게 서 있는 것 같아도 허깨비일 뿐이다. 속은 이미 다 썩어 문드러지고 거죽만 간신히 지탱하고 있을 것이다.

잊지 않겠다는 다짐은 감정일 뿐이다. 당장 실종자를 찾아내는 일부터 마무리해야 한다. 달라져야 한다. 4월 16일 이전과 이후는 달라야 이 아픔을 천만 분의 일이라도 씻을 수 있다. 전수영 선생님 반의 학생 둘이 아직도 생사불명이다. 찾아야 한다. 부모에게 이별의 기회라도 주어야만 한다. 떡 이야기 쓰다가 울컥 했다. 내 부모 생각도 난다. 까짓 된장찌개가 뭐라고 아들 군대 있는 내내 한 번도 끓이지 않으셨단 말인가.

제대하던 날 점심상에는 풋고추만 넣고 끓인 된장찌개가 올라왔다. 제일 좋아라 하던 음식이다. 아들 없는 28개월 동안 한 번도 끓이지 않으셨단다. 열무김치 넣고 비벼 먹었다. 돌아보면 짧고도 긴 세월을 함께 삼켰다. 뜨겁고 짜고 매운데 달콤했다. 뚝배기 보글거리는 소리 사이로 아들의 대문 소리를 기다렸을 어머니와 겸상했다. 노동판에서 땀에 절어 들어오신 아버지는 송곳니 없는 이를 드러내며 그저 빙그레 웃으셨다. 입대 전부터 시커멓게 비었던 자리가 따라 웃었다. 내 가슴에도 시커멓게 빈자리가 생겼다. 멍울이라 부르기로 했는데 문신처럼 평생 지워지지 않는다. 부모란 이런 존재다. 자식은 부모가 되면 비로소 후회를 시작한다.

분노까지 강다짐으로 넘길 수는 없다

슬픔은 불패不敗다. 강력해서가 아니라 승패의 상대를 지목하지 않고 자해를 반복하기 때문이다. 꺼내면 최강最強이 된다. 슬픔에 전부가 휩쓸려가고 더 잃을 것이 없는 까닭이다. 슬픔이 분노로 바뀌면 칼은 바깥을 향한다. 내남없이 상처를 입게 된다. 진정 선혈이 낭자한 세상을 바라는가. 그대들은 분노의 칼끝을 비켜간다고 확신하는가. 높은 자리에 앉아 있어 닿지 않으리라 안심하는가. 우리들만 널브러지라고 밀어내는가.

입맛 없으면 물 말아 넘기는 게 여름 끼니다. 자식 앞세우고 더 무슨 꼴을 보겠다고 어미가 밥을 넘기겠는가. 집안이 풍비박산된 마당에 애써서 무슨 영화를 보겠다고 아비가 술을 참겠는가. 세월호 가족들은 석 달 가깝도록 하루도 편히 잔 날 없을 것이다. 물속에서 허우적거리다 숨이 끊어진 내 자식 생각에 몸을 오그리고 뒤척거렸을 거다. 이런 사람들이 염천에 단식까지 벌여서야 되겠나. 도무지 왜 죽었는지 모르겠어서 진실을 밝히자는데 그걸 모르쇠로 일관하고 돈이나 두둑이 챙겨

가라 수작부리는 건 어디서 배워먹은 패륜인가. 버킷리스트를 남긴 박수현 군 통장에 52만 9220원이 들어 있었단다. 부모가 그 돈을 인터넷 뉴스에 기부했단다. 이런 사람들에게 돈을 들이대고 흔든다면 당신들은 짐승이다. 돈으로 될 거라 생각하는 천치들이다. 민중의 분노도 돈으로 해결해봐라. 당신들을 엎어버리려 주먹 쥐고 나서는 우리들에게도 위로금 줄 테니 참으라고 해봐라.

세월호 가족들에게 끼니 거르지 말라는 글을 쓰려는 참에 단식 소식을 들었다. 강다짐이라도 하시라고 권유하려다가 마음이 출렁거린다. 이분들 심사는 땡볕에 담금질한 칼과 다를 바 없다. 석 달 열흘 땡볕에도 마르지 않을 눈물이 가슴마다 그득하다. 여차하면 세상을 등질지도 모르는 형국이다. 별 일 없기를 바라는 안타까움과 이런 지경까지 몰린 분노가 창과 칼로 변한다. 당장에라도 찔러버리고 싶다. 진실을 알려달란 말이다. 진실을 밝히려니까 특별법이 필요하단 말이다. 누가 특별히 돈을 더 달라 했나. 누가 남은 자식들을 남다르게 대학으로 보내 달라 했나. 죽고 없는 자식을 무슨 수로 대학에 보낸단 말인가. 진실을 밝혀야 단죄도 반성도 가능한 일이란 말이다. 악만 남은 대한민국이다. 도덕도 순리도 없어서 악으로 악惡을 물리쳐야 할 대한민국이다. 파국의 심판 때 자비는 기대하지 말라.

2014. 7. 16.

어제로 향하는 행진

미네르바의 부엉이는 밤에 난다. 대한민국 아이들도 밤에 걷는다. 지혜가 없어서인가. 아이들보다 지혜로운 존재도 없다. 탐욕에 물들지 않았기에 원초적 지혜도 오염되지 않았다. 세상 물정 몰라서인가. 세상 물정을 안다는 자체가 기만과 내통한다는 증명이다. 선량함에 대한 알리바이다. 결국 어른은 법이 있어야 산다. 악행과 모순 속에서 법이라는 철조망까지 없다면 수시로 월담하기 때문이다. 법을 몰라야 선량한 거다. 법 이전의 존재가 아이들이다.

아이들은 밤에 출발하고 낮에 도착한다. 나리들이 시원하게 죽치고 앉은 곳으로 걸어간다. 몸으로 항거할 수밖에 없는 국가는 국가가 아닌 집단이다. 논리가 실종된 난장판이다. 힘으로 해보자는 속셈이다. 힘이야 민중이 월등한데 아직 전부가 뭉쳐지지 않았다. 친구와 낭만과 꿈을 간직하기에도 짧은 청춘들에게 원한을 심어줘서야 되겠는가. 세상이 이렇구나 절망하게 만들고 이 나라의 미래를 논할 수 있는가. 여의도가 최종 목적지가 아닐 것이다. 거기는 꼭두각시들만 빈들거리는 곳이니 청와대로 걸음을 돌릴지도 모른다. 대통령이 고등학생들에게 소환당하는 꼴이다. 당해도 싸다. 당해야 마땅한데 문을 지키는 개들의 송곳니가 아직 날카로울 뿐이다. 누가 주인인지 모르고 덤벼드는 꼴이다. 아니, 주인이 다가가니 도적들이 더 으르렁거리는 형국이다. 짐승이 갈 곳은 철망 안이거나 물 펄펄 끓는 가마솥이다.

간다. 아이들이 가방 메고 간다. 목숨 잃은 친구들 명찰 붙이고 간다. 밤길을 소풍처럼 간다. 배에서 다친 다리로 절룩거린다. 벌벌 떨었을 손을 힘내자고 맞잡는다. 친구를 잊지 않겠다는 팔찌가 보석이다. 파스 냄새 풍기며 간다. 파스 말고는 도와줄 누구도 무엇도 없다는 뜻만 같아서 쓰라리다. 파스보다는 보탬이 될 거라고 손 흔드는 연도의 어른들도 아프다. 해보지 않은 걸음이라 발목이 시큰거릴 텐데, 하지 않아도 될 일이라 가슴이 무너질 건데 아이들이 걷는다. 사막이라도 발자국마다 눈물이 고였을 것을, 물 위를 걸었다면 디디는 곳마다 얼음이 됐을 것을 아이들이 걷는다. 비정한 보도步道에는 흔적도 남지 않는다. 바라보는 사람들 가슴에만 우묵한 자리가 생긴다. 기만에 몰두하는 짐승들의 피로 채울 자리가 넓어진다. 아이들이 간다. 배우지 않아도 될 세상을 이미 알아버린 걸음이다. 앞으로 나아가는데 마음은 뒤로 간다.

2014. 7. 17.

기울어진 사회

선량하다는 말은 남에게 피해를 주지 않는다는 뜻이다. 착하고 어질다는 의미다. 피해만 주지 않으면 되는가. 착하다는 한계는 어디까지인가. 피해는 가해자 기준인가 피해자 기준인가. 피해는 물질인가 정신인가 아니면 둘 다인가.

내가 왜 선하게 살아야 하는지 설명해다오. 내가 왜 선량하게 행동해야만 하는지 누가 확신을 심어다오. 지금 이 불편한 심정의 발원지는 어디인지 알려다오. 귀동냥한 천국의 존재가 시나브로 확신으로 굳어진 거라면 개밥그릇에 던지겠다. 유치원 선생 같은 신이 〔참 잘했어요〕 스티커를 날려주는 거라면 고양이더러 장난감으로 쓰라 하겠다. 회의懷疑를 멈출 수 없단 말이다. 그들은 남에게 성가신 일도 벌이지 않고 더구나 남에게 물질적 정신적 피해도 주지 않으며 고분고분 살아가는 사람들이었다. 일상의 번다함과 자잘한 다툼이야 왜 없었을까. 그러나 그것들은 어디서나 풍기는 냄새와도 같고 곳에 따라 내리는 비라고 해도 될 만큼 무해하다.

내 가족을 죽인 자를 사형에 처한다 해도 상처는 치유되지 않는다. 범인을 세상에서 지워버리는 것은 피해자 입장에서 최대치 아닌 최소한의 갚음이기 때문이다. 피해자는 평생 한쪽으로 기울어진 감정의 시소에 앉아 있게 된다. 대신할 수 없는 일이고 위로 또한 무게감을 줄여주지 않는다. 보는 사람조차 불균형에 대한 절망을 느낀다. 신을 불러 반대편에 앉히고는 작은 위안을 얻는다. 천국이란 곳이 있다고, 거기 가서 평화로울 거라고 위로한다. 듣는 이가 확신한다면 다행이지만 확신하기까지 소요되는 시간은 무한정이다. 지쳐 포기하는 심정이라고 해도 틀리지 않다.

우리와 같은 모습으로 활보하는 악마들을 본다. 사소한 일상에 숨어 있다 튀어나오는 악마들의 도약을 본다. 어느새 내 옆구리를 찌르며 조롱하는 악마와 눈이 마주친다. 악몽이 아니라 현실이다. 단지 악마의 눈에 띄지 않기만을 바라며 살아야 한다면 비극이다. 세월호 참사를 겪으며 새삼 악마의 존재를 실감한다. 천국? 그건 확신하지 못하겠는데 악마의 존재는 이제 확신한다. 세상은 이런 곳이다. 어쩌면 나도 당신들에게 악마인지 모른다. 지금 내 앞의 음전한 당신도 어느 순간 악마로 돌변할지 모른다고 생각하니 참담하다.

익사가 일상인 나날

물이 가득 찬 항아리를 비우려면 바가지로 퍼내야 한다. 엎어버리는 건 위험천만이고 방법도 아니다. 안벽을 긁는 소리도 내지 말고 신중하게 반복해야 한다. 시간이 걸리는 일이다. 귀찮다고 깨버리면 되돌릴 수 없는 만행이다. 알게 뭐냐고 내버려두면 항아리 안의 물은 썩는다. 물비린내 때문에 좀처럼 이전으로 되돌리지 못하게 된다. 사람의 마음이 항아리와 같다. 항아리는 채워진 상태로 존재를 증명하지만 사람의 마음이란 텅 빈 충만이 평화로움의 상징이다.

익사란 무엇인가. 물속에서 숨을 참다가 더는 참을 수 없어 호흡을 거듭하며 폐에 물이 차고 숨이 막혀 죽는 과정이다. 몸이 물에 빠져도 익사이고 마음에 슬픔이, 눈물이 차올라 절망에 몸부림치는 것도 익사다. 세월호 가족들이 슬픔에 익사 직전이다. 이제는 쏟을 눈물이 없을 것 같았는데 가슴에 차올라 숨이 끊어지기 직전이다. 가족을 잃었는데 더 무엇을 잃으라고 이토록 함부로 대하는가. 절망으로 무릎이 꺾인 사람들에게 어쩌라고 막말을 퍼붓는가.

슬픔이란 충격 이후의 감정이다. 게으른 척, 당사자를 안타까워하는 척 서서히 온다. 유족이 된 지 이제 두 달 넘었으니 슬픔이 당도하는 중이다. 마음의 서랍 어디에 넣어야 옳은지 몰라 당혹에 빠진 사람들이다. 평생 안고 살려면 정리라도 해야 하지 않겠는가. 그들이 세월호 국정조사를 요구한 첫 번째 이유는 '도대체 왜?'라는 감정 때문이다. 살릴 수 있었을 목숨들을 수장시킨 이유와 범인들이 궁금한 거다. 단죄는 이후의 일이다. 그런 사람들에게 기만으로 일관하면서 그것도 모자라 막말을 퍼붓는다면 당신들의 죄는 씻을 길 없다. 정치인이 당리당략에 의해 싸움을 벌이는 것까지는 익숙하니 참고 봐줄 수 있다만 사람이 떼로 죽었는데 언구력이나 부리고 있다면 이건 경우가 다르다. 끝내 이성을 잃게 만들겠다는 장난질로 보인다.

밝혀라. 낱낱이 밝히고 죄의 경중을 물어라. 돈으로 유착된 자들을 굴비 꿰듯 줄줄이 잡아들여라. 지시한 자 누구이고 조작한 자는 또 어디 숨었는가. 진실에 대한 권리가 이제 의무로 바뀌었다. 국민이 나서야 한다. 의무를 다해야 권리도 찾을 수 있다. 언제까지 저들을 바라만 볼 텐가. 누구를, 무엇을 위해 참고 또 참는단 말인가. 가만있으라 했을 때 수긍했던 것은 저들을 신뢰했기 때문이다. 이제 신뢰가 깨지고 처음부터 거짓이었음이 밝혀진 이상 가만있으면 바보가 된다. 이미 절반은 바보가 됐다.

2014. 7. 19.

본능과 본성

뜨거운 것에 닿으면 얼른 움츠린다. 갑작스레 무언가가 눈앞에 다가
오면 눈을 감는다. 우리가 잘 아는 반사신경의 작동이다. 인간이 끊
임없이 진화하고 유전시킨 능력이다. 동물도 다르지 않고 사냥에 관
한 부분은 인간보다 월등하다. 살아남으려면 다른 생명을 잡아먹어
야 하는 까닭이다. 잡혀먹히지 않으려면 포식자보다 먼저 감지하고
달아나야 한다. 무릇 움직이는 것들의 기본이다.

위험을 감지했을 때 우리는 피한다. 당연한 행동이고 머뭇거릴 이유
가 없다. 타인이 위험하다고 판단했을 때는 어떻게 하나? 갈등하게
된다. 자신의 안위와 상대의 급박함 사이에서 우선순위를 가늠해본
다. 여기까지는 이성과 도덕의 상호작용이다. 반사적으로 달려드는
사람들이 있다. 일본 신오쿠보 전철역의 고 이수현이 그랬고 유사 사
례가 여러 번 있었다. 이들은 자신에 대한 보호본능이 없겠는가. 반
사적으로 움츠릴 줄 몰라서 뛰어나갔겠는가. 인간으로서의 당위가 이
런 행동을 하게 만든다. 전부는 아니겠으나 인간에겐 이런 본능에 가

까운 행동양식이 있다. 나는 본성이라 칭한다.

남윤철(35), 최혜정(24), 이해봉(32) 이런 분들이 세월호에서 선생님으로서의 본분을 보여주고 목숨을 잃었다. 단원고 학생 중 양온유(17), 김주아(17), 최덕하(18), 정차웅(17)도 친구를 구하려다 꽃 같은 청춘을 버렸다. 양대홍(45) 세월호 사무장도 아내와의 통화가 마지막이었다. 승무원 박지영(22) 양도, 김기웅·정현선(28) 커플도 목숨을 바쳤다. 난 이들이 정상인이라고 생각한다. 눈앞의 위험 때문에 자신을 돌볼 겨를이 없는 상태가 된 이들이 인간의 본성을 가장 잘 발휘한 정상인이다. 끝까지 기억하기 위해 여기에 그들의 이름을 새겨둔다.

의인義人이란 호칭으로 위안될 일 아니다. 의사자義死者라는 예우로 넘어갈 일도 아니다. 세월호의 모두가 이랬을 거라고 믿는다. 공개된 동영상과 같이 죽음이 닥치는 순간 서로를 독려하고 나가보자 외쳤을 것이다. 목격자 없는 의인이고 의사자란 말이다. 재난이나 사고에 따른 의인이 드문 세상을 꿈꾼다. 사고 자체는 차치하고 전원을 구조할 수 있었는데 전원을 죽여 놓고 의사자 운운하는 정부를 저주한다. 행정 절차가 필요하겠지만 목격자가 있느니 없느니 하는 관리에게 돌을 던지고 싶다. 세월호가 새로운 슬픔을 안겨주었다. 세월호 가족이야 새삼 언급하지 않아도 최악의 상태다. 우리는 어찌 감당할지 몰라 여전히 당혹감에 시달린다. 그들은 당신들이 평가할 대상이 아니다. 무능과 기만의 진창에 핀 연꽃이란 말이다. 하긴, 짐승이 꽃을 알겠냐만.

제4부

끝이
보이지
않더라도
끝까지

2014. 7. 19.

서울광장의 오후

상대와 눈이 마주치는 순간 전염된다. 가슴 한쪽이 뻐근해지면서 돌덩이가 매달린다. 쇄골이 휘어지는 느낌으로 몸도 기운다. 결국은 마주하지 못하고 고개 돌린다. 외면한 채로 머뭇거리다가 이제 지나쳤겠지 싶으면 다시 돌아본다. 뒷모습이라고 다르지 않다. 동그마한 여인의 어깨, 널찍한데도 쳐진 사내의 어깨가 출렁거린다. 얹었던 무게가 그날 사라졌는데 외려 더 무겁게만 보인다. 자식을 얹고 다닐 때는 몰랐던 무게까지 짓누르는 게 보인다. 저 투명한 덩어리가 무엇인지 안다. 빈자리의 무게다. 진도 백사장을 다리에 감고 와서인지 걸음이 무겁다. 가슴에 바다를 다 넣고도 여분이 남았는지 휘청거린다. 땡볕으로 찌를 수는 없어서인지 하늘도 표정을 감추고 회색이다. 무직하게 덥다. 속에서 열불이 올라온다. 감염된 사람들이 광장에 모였다. 환자인데 건강하다. 중상이 깊은데도 함성과 함께 올리는 주먹에 힘이 가득하다. 전염된 병을 여기서는 슬픔이라 부른다.

그러나 염증까지 전염되지는 않는다. 장본인들 가슴속에서만 창궐하는 바이러스이기 때문이다. 바라보는 사람들은 환상통을 앓는다. 손가락 열 개가 멀쩡한데도 두어 개 잘려나간 통증을 느낀다. 다리 하나가 불에 타버리는 상황을 벗어나지 못한다. 진실이란 백신이 다급한데도 구할 길 없는 야만의 정글이다. 약자의 살점을 강자가 산 채로 뜯어먹는 형국이다. 저대로 두면 목숨을 장담할 길 없겠는데 책임져야 할 사람들은 딴청만 피운다. 어쩌란 말이냐는 식으로 고개 돌렸다. 전염되면 좋겠는데, 차라리 염증까지 전염돼서 눈 뒤집고 죽자사자 달려들고 싶은데 마음뿐이다. 당사자 아니면 비키라고 가로막을 저들이다. 유족이란 호칭을 따라 단상으로 나아가는 사람들을 본다. 얼굴은 담담한데 눈을 보면 당장이라도 울음이 터질 것 같다. 눈물이 쏟아지면 광장이 다 떠내려갈 것만 같다. 결국은 내 아들 보고 싶다고 운다. 아들이 죽었는데 아비는 병신처럼 왜 죽었는지도 모르고 밝힐 힘도 없다고 운다. 세월호 가족은 울어도 된다. 나머지 사람들은 진실을 밝히고 수습해야 하는데 따라서 운다. 울기만 하는 대한민국이고 우는 것 말고는 방법이 없다는 예감에 또 운다. 슬픔과 억울함이 양 어깨를 짓이기는 오후다.

명 현瞑眩 반 응

쉬고 싶다. 일주일에 두 번 라디오 방송 말고는 백수인 인간이 무슨 소리냐고 하면 딱히 대답이 궁색하지만 쉬고 싶다. 평생 일하던 사람이 집에 있으니 외려 쉬고 싶다는 생각이 들 만큼 편하지 않다. 종일 책상에 앉아 있었다. 없는 재주에 방송용 멘트 쓰는 일이 만만찮아서 이틀 내내 머리가 뻐개지는 느낌이었다. 오후에 체육관 가서 버둥거리다 왔지만 팔다리가 정상이란 느낌이 돌아오진 않는다. 무릎도 저리고 목은 아예 철근으로 임플란트라도 한 것처럼 뻣뻣하다. 커피를 거푸 마셨더니 속도 쓰리다. 멘트 읽어보며 어색한 부분은 구어체로 다듬고 호흡을 위한 슬래시slash도 넣고 멘트 시간도 계산했다. 프린트 했으니 이제 끝이다. 내일 실수만 하지 않으면 된다. PD가 하는 기계 조작까지 배우며 진행하려니 반벙어리에 손도 마비되는 기분이다. 배워두면 쓸 곳이 있겠고 당장은 인원 부족에 시달리는 방송국에 보탬이라도 될까 싶어서 시작했는데 간단해 보이면서 만만찮다. 하면 되겠지.

술도 마시지 못하는 체질이다. 술 취해 헛소리라도 하고 은근슬쩍 속
내를 털어내면 하룻밤이나마 후련하겠다 싶은데 그마저도 내겐 허락
되지 않는 해방구다. 부글거리는 속을 들여다보며 하나하나 꺼내 씹
고 또 씹어 소화시키는 방식을 터득했다. 장남 비슷한 외아들의 강박
이다. 함부로 감정을 드러내지 않아야 할 관계에서 성장한 탓이다. 지
긋지긋해도 후유증은 별로 없다. 쌓인 시집이나 볼까 펼쳤다가 그냥
덮고 세월호 관련 신문 파일을 열었다. 어느새 80꼭지나 된다. 빽빽
이 편집해도 국판 300쪽을 넘어갈 분량인데 이걸 어찌 하나 근심스
럽다. 두자니 괜히 아깝고 책으로 엮자니 구슬도 아닌 것들이라 부끄
럽다. 조금이나마 사람들에게 각성효과를 줬다면 만족인데 분량이 모
이니 다른 생각을 하게 된다. 책 팔아서 인세라도 그분들께 보태고 싶
은 마음인지 욕심인지도 지워지지 않는다. 이러지도 저러지도 못하
고 쌓이기만 한다. 결국 또 이렇게 한 꼭지를 쓴다. 사흘 뒤면 세월호
참극이 벌어진지 100일이다. 뭐 하나 제대로 밝혀진 것 없다. 세월호
가족들은 염천에 목숨 건 단식에 들어갔고 별별 희한한 단체들의 행
패가 횡행한다. 인간을 믿지 않았지만 이제 더욱 믿지 않게 되었다.
거죽이 인간이라고 다 같은 게 아니라는 확신이 섰다. 좀 더 까칠해져야겠
다. 그들에게는 야차처럼 행동하고 문장으로나마 사지를 물어뜯을 참
이다. 덥고 피곤하고 앞도 보이지 않는다. 세상의 모순들을 어찌 감
당해야 좋을지 캄캄하다. 내가 조금씩 이상해진다. 명현瞑眩은 맞는 거
같은데 호전인지 악화인지 분명치 않다. 악화되고 있음을 알면서 인
정하기 두렵다. 이 빌어먹을 나라에서 호전될 게 없다.

2014. 7. 22.

늦장마

하늘은 신사적이다. 아침부터 먹장구름이 몰려와 기세를 자랑 중이
다. 그래 비 오게 생겼으니 우산 챙겨서 나가야겠다. 우산 장사 말고
노점들은 종일 불안했겠다. 없는 사람들은 만사가 걱정이고 만인에게 옥
죄는 법이다. 자식이 왜 죽었는지도 몰라서 거리에 나와 단식 중인 부
모들은 먹구름보다 무거운 가슴이니 폭우가 쏟아져도 휩쓸릴 일 없
겠다. 차라리 세상 다 망했으면 좋겠다는 심정일지 모른다.

하늘이 신사적인가. 겨우 비 하나 내리는 걸 예고라는 미명 아래 겁
박하니 신사는 아니다. 양아치라고 부르련다. 대비하라는 뜻도 아니
다. 속수무책인 나라에서 비설거지할 일 없다. 우산을 쓰면 된다지만
가슴이 이미 젖었으니 까짓 우산으로 몸을 가리는 일도 청승맞다. 바
닷물에 젖은 사람들도 숱한데 장맛비가 두려우랴. 태평할 때나 비 걱
정을 하는 거다.

비 온다. 종일 을근거리다가 그냥 가면 외려 허망하니 차라리 쏟아져

라. 연막소독차는 할당구역이 남았는지 빗속에 종종걸음이다. 비 오면 효과도 없는 일인데 업무량 채우겠다는 공무원 심보인지 왕왕거린다. 차라리 내 가슴에 연막을 퍼부어다오. 부글거리는 회의가 절멸할 때까지 소독해다오. 누가 먼저 죽는지 어디 해보자고 들이댈 테니 남은 약재를 내게 집중해다오. 절망도 회의도 미련까지도 절멸하고 나는 무균상태로 땅에 묻힐 참이다. 단 하나의 바이러스라도 남았다면 화장장 아궁이에 넣어다오.

비 온다. 비가 온다. 4월 16일 이전 같으면 하늘도 운다고 말했을 텐데 하늘은 인간의 일에 무관심함을 알았으니 단지 빗방울일 뿐이다. 시커먼 안색으로 온갖 표정을 다 연출하더니 비 온다. 여태 내려다보곤 겨우 비나 내린다. 벼락은 뒀다 무엇에 쓰려는지, 어느 또 억울한 사람을 만들려는지 무표정한 회색으로 비만 내린다. 벼락 맞아 마땅한 인간 중 하나가 온전한 시신으로 발견되었다는 소식이다. 진실이 아니라 소식일 뿐이다.

2014. 7. 23.

태초에 야만이 있었다

이 별이 생겨나던 순간을 생각해본다. 충돌과 속도와 열기가 지독했 겠다. 지옥인가. 현상일 뿐이다. 생명체가 없었으니 천체의 움직임이 고 다만 변화였다. 수십억 년 온도가 내려가고 무언가가 태동하면서 생존을 위해 상대를 죽이기 시작했겠다. 지옥인가. 생명의 본질이고 태어난 이상 피할 수 없는 숙명이다. 아침의 찬연함과 노을의 황홀을 배경으로 피 튀기는 경쟁이 거듭됐으나 이 또한 자전과 공전을 지속 하는 것처럼 여여如如 한 일이다. 우아한 지옥이 됐는가. 지옥이란 지옥 이라고 생각할 줄 아는 자들의 전용공간이다.

대한민국 현실이 지옥이다. 평화가 무엇인지, 평등이 어떤 상태인지 알기 때문에 지옥을 느낀다. 아이들이 죽고 부모는 절망한다. 배가 가 라앉은 이유도 모르고 늑장 구조는 누구 탓인지 캄캄하다. 지옥이다. 절반 이상의 민중이 가슴에 돌덩이를 얹고 산다. 어른들은 타락하고 청년들은 꿈을 버렸다. 가진 자는 느긋하고 없는 자는 조급하다. 몰 라서 조급하지 않은 사람들까지 부지기수다. 당장 수술이 필요한 환자 앞에서 돈 먼저 계산하는 시대가 오고 있다. 돈 때문에 병원을 멀찌감치 떨어져 바라만 보는 사람들이 누구일지 짐작하게 되었다. 지옥이다. 정치는 다수의 행복을 위한 공통분모를 찾는 작업이 아니라 효과적으로 지배하기 위한 테크닉으로 전락했다.

태초에 야만이 있었다. 지금의 눈으로 보면 그때가 천국이다. 사유란 인간의 능력이기에 인간만이 이 아름다운 별에서 지옥을 느낀다. 고등동물 어느 종자보다도 사유의 폭이 넓고 깊어서 인간이 느끼는 지옥 또한 가장 뜨겁다. 천국으로부터 지옥으로 변해가는 땅에 산다. 가일층 더해지는 열기를 느끼며 불안을 지나 절망에 가까워진다. 지옥이 될 것을 예감하고 애써 막아보려는 곳도 이 별의 다른 땅에 있음을 안다. 천만 분의 일이라도 내 책임이 있는 까닭에 부럽지 않다. 부러움을 들키고 싶지 않을 만큼 부끄럽다. 모두 다 남 탓이라고, 미친 개들의 난동에 물리는 중이라고 변명할 만큼 나는 절벽 끝에 몰려 있다. 지옥이다. 태초에 야만이 있었다. 한층 정교해진 야만이 대한민국에서 번성한다.

2014. 7. 24.

백 년보다 긴 백 일

날짜를 세는 일은 대부분 기쁨과 연관됩니다. 유년의 생일이 그랬고 소풍 가는 날 또한 설렘으로 손을 꼽곤 했습니다. 사형수가 세는 날 짜는 하데스Hades의 계단을 내려가는 일과 같을 겁니다. 지금 세월호 가족들이 그렇습니다. 법정 최고형으로 사형이 존재하면서 실행하지 는 않는 대한민국처럼 세월호 가족들은 이미 사형 언도를 받은 셈입 니다. 하루하루 날짜를 셉니다. 죽어도 죽지 못해 자식이 돌아오는 순 간만을 기다립니다. 형체도 알아볼 수 없게 망가진 시신을 통해 비로 소 부모는 자신도 죽었음을 인정하는 겁니다. 이제껏 이를 악물고 유 예하던 죽음 앞에 허물어지는 순간입니다. 뭉크러진 시신이 내 아이 맞다고 우는 어미를 시신검안소 바깥에서 부럽게 바라봐야 하는 사 람들도 있습니다. 오늘로 세월호 참사 백 일입니다.

미워했습니다. 아니, 저주하고 한탄하고 수시로 울컥거리는 살의를 억누르기 힘들었습니다. 이제 석 달 하고도 열흘이 지나면서 그들은 다른 인간이라고 체념 아닌 체념을 합니다. 수백 명이 떼죽음을 당해도 정치적 문제일 뿐이고 자신들 안위에 어떤 영향을 미칠까만 계산하는 부라퀴들이라는 사실을 알았습니다. 생계가 버거워서 다들 강퍅한 마음을 겉으로 꺼내놓고 살아도 속내는 여린 우리들이라고 자신합니다. 반지빠른 세상에, 아차 하면 끝장나는 세상에 그만한 결기 없이 우리가 어떻게 버티겠습니까.

신이 있다면 이럴 수는 없습니다. 이렇게 무심한 신이라면 필요 없습니다. 선량함과 상관없이 경배하는 자들에게만 은덕을 베푸는 신이라면 그 무리들하고나 잘 지내라는 덕담을 보태주고 돌아서겠습니다. 우리는 왜 이렇게 살아야 하는지 모르는 채 고통의 나날을 지탱합니다. 누가 그랬는지, 왜 아무도 책임지지 않는지 알아낼 방법도 없이 주저앉아 서로를 바라봅니다. 건넬 말이 없어 외면하고 울컥 외로우면 돌아서 손을 잡고 울기만 합니다. 그 마음을 생각하면 음울한 냉기가 전신을 덮치고 만사 기쁜 일이 없습니다. 전국의 강에 슬픔이 흐릅니다. 밤하늘 가득히 그리움이 반짝입니다. 분노는 밀물로 차오릅니다. 썰물만 한 허망함이 반복됩니다.

신께서는 모르실 겁니다. 접시 뒤집듯 빤한 일을 해결하지 못해 조아리는 심사를 신이라서 모르실 겁니다. 법이 있는데 올바른 방향으로 가지 않습니다. 사회정의가 엄연한데 저들은 개밥그릇 걷어차는 품세로 일관합니다. 무신론자가 오죽하면 신 앞에 조아리겠습니까. 정의도 도덕도, 인류까지도 수장당한 곳이라서 신을 찾습니다. 죽은 사람 살려달라는 거 아닙니다. 시간을 되돌리자 생청 부리는 것도 아닙니다. 백 년보다 긴 백 일을 보내고도 캄캄한 진실을 알고 싶을 뿐입니다. 신이 참견하지 않아도 될 만큼 단순한 일인데 신께 갈구합니다.

간절함이 부족합니까. 이토록 많은 사람이 애통으로 하루하루를 보내는데 통증의 총량이 모자라는 겁니까. 수백 유족들이 삶의 희망을 놔버리고 걸어 다니는 시신이 됐는데도 희생양을 더 내놓으라고 몽니부리는 중입니까. 언제까지, 어떻게까지 해야 합니까. 사람이 저지른 일이니 사람끼리 해결해야 옳습니다만 저들은 사람이 아니라서 해결할 의지조차 없습니다. 그간 불경스럽게도 불만만 토로하고 신은 없다고 오만불손하게 굴었던 점 천만 번 사죄드리겠습니다. 뼈라도 뽑아 제단에 올리라시면 그러겠으니 어서, 어서 남은 사람들을 뭍으로 돌려보내주셨으면 합니다. 알아볼 수 없어도 이게 당신 자식이라는 소리라도 들어야겠다는 가족들이 기다립니다. 빈손으로 허공을 휘저으며 통곡하던 나날들의 마지막 날엔 차갑지만 내 아이니까 내 손으로 한 번 만져보기라도 해야 한이 무뎌질 부모들이 피를 말리고 있습니다. 이 땅에 내릴 마지막 신의 은총이라도 좋으니 저들을 번갯불로 단죄하시고 가시면 평생 잊지 않고 경배하겠습니다. 남은 시간을 지옥에서 견뎌야 한대도 수긍하겠습니다. 저들을 단죄해주신다면 말입니다.

2014. 7. 25.

흐르는 것은 시간뿐

49일 되는 날엔 이승의 인연을 다 지우고 가야 한댔어요. 보고 싶은 얼굴들은 미리미리 만나고 쓰다듬고 안아주라 했어요. 어쩌죠. 엄마만 따라다녔어요. 아빠의 붉어진 눈을 보면 살아남은 친구들 만나러 갈 기운이 없어져요. 억울하게 젖은 몸은 거기서도 쉽사리 마르지 않는다네요. 언제일까요. 홀가분하게 깃털로, 꽃잎으로 날아오를 날은 거기서 또 얼마나 기다려야 할까요. 미안해요. 떠나지 못했어요. 벌써 백 일 하고도 하루가 지나네요.

다 지우고 가야 언젠가 다른 몸으로 세상에 올 수 있대요. 싫다 했어요. 엄마도 아빠도 없는, 모르는 어른들만 서성거리는 세상이라면 다시 몸을 받기 싫어요. 그냥 바람으로 떠돌아도 좋아요. 내 방 책상에 앉아 있을래요. 참았던 연애소설 읽으며 있는 듯 없는 듯 액자로 걸려 있을래요. 사발시계가 울기 전에 일어나고 식구들 모두가 잠든 다음에도 깨어 있을 거예요. 동생이 라면 끓이면 맞은편에 앉아 천천히 먹으라고 잔소리 할래요.

우두커니, 동네 담벼락의 낙서로 남아도 괜찮아요. 엄마가 마트 가는 길을 지켜볼 수 있으니까요. 햄이랑 요구르트 사오라고 웃어줄래요. 아빠가 늦은 밤 휘청거리며 집으로 돌아오다가 아무도 없는 골목에서 하늘 보며 울컥 내 이름을 부르실 테니까요. 동네 조무래기들도 아는 척 해줄래요. 너희들은 조심조심 살아가라고, 엄마 아빠 가슴에 피멍 들게 하진 말라고 낙서하는 손에 한마디씩 쥐어줄래요. 조심했는데 소용없었단 말은 절망스러워서 하지 않을래요.

커튼이 흔들리면 내가 외출한 줄 아세요. 뻑뻑하던 현관문이 쉽게 열리면 우리 딸 먼저 들어왔구나 하세요. 이상하게 김치가 짜다고 생각하지 마세요. 엄마 눈물에 내 눈물이 더해진 거니까, 오래도록 그럴 거니까 입맛 탓하고 식사 줄이지 마세요. 아빠 어깨에 얹힌 천만 개의 돌덩이들은 내가 하루에 하나씩 들어낼게요. 하루에 하나밖에 할 수 없어서 얼마나 걸릴까 모르겠어요. 이승을 떠돌더라도 가지 않겠다고 했는데 부르지도 않아요. 여기서도 아는가 봐요. 우리가 억울한 거, 우리는 잘못 없다는 걸 알아서 머뭇거리나 봐요. 죄 없는 엄마 아빠, 죄인이 된 엄마 아빠, 밥 굶고 비 맞는 엄마 아빠 나 아직 떠날 수 없어요.

2014. 7. 26.

우리가 읽고 싶은 담화문

존경하는 국민 여러분, 대한민국 대통령 박근혜입니다. 실종자 가족들께는 하루가 삼 년 같으실 텐데 벌써 백 일이 지났습니다. 열 분이나 돌아오지 못한 상황에 국민들까지 모두 비탄에 빠져 있습니다. 대한민국이 하나의 병동으로 변했다면 저는 무능한 주치의임을 인정하겠습니다. 신속하게 대처하지 못했고 사고의 전후관계를 밝히는 일에도 정부부처 간에 엇박자를 내는 바람에 뉴스를 접하는 국민 여러분께서 더 큰 상처를 받으셨으리라 생각하니 국정 총책임자로서 부끄러울 뿐입니다. 국민을 지키는 대통령이 되겠다고 약속드렸는데 그렇지 못했습니다. 국가란 재난에 노출될 때 존재이유를 증명하는 법인데도 정부는 무능한 모습만 반복했습니다.

끔찍했던 4월로부터 어느새 7월 말입니다. 날은 더운데 가슴은 서늘합니다. 안산에서 팽목항까지 도보행진을 떠난 분들의 얼굴에는 땀인지 눈물인지 구분할 수 없는 홍수가 일었습니다. 업무 시간에 그 뉴스를 보고 더는 결재를 할 수 없었습니다. 결혼을 하지 않은 제가, 자식도 없는 제가 부모의 심정을 어찌 다 알겠습니까만 대통령도 사람이라서 눈물이 납니다. 가족이 목숨을 잃은 참극이니 경험 여부를 떠나 순식간에 전염되는 슬픔이고 면역도 되지 않는 병과 같습니다. 뒤집힌 배 안에서 버둥거릴 거라고 생각하면 어느 부모인들 실신하지 않겠습니까. 전부가 제 책임입니다. 책임지려고 출마했고 여러분의 믿음으로 당선됐습니다. 서둘러 수습하겠습니다. 차후로 정부 발표 이외의 의혹이 발생한다면, 정부가 국민 여러분 앞에 감추는 게 있다면 제가 사퇴하겠습니다.

국민 여러분께 한 가지만 부탁드리겠습니다. 제게는 세월호 가족뿐아니라 나머지 모든 분들이 소중합니다. 경제도 살려야 합니다. 이런까닭에 공무원들의 휴가를 권장하려 합니다. 저를 포함한 각 부처 국장급 이상 간부들은 휴가를 반납하겠습니다. 결정권자가 대기해야 위급상황 시 말단이 상급자 휴가지로 보고하는 일 없이 신속하게 처리됩니다. 잠시 슬픔을 접고 휴가를 다녀와야 관련업계 분들도 여름 한철 수익을 올리고 경제가 돌아가게 됩니다. 휴가 간다고 세월호를 잊는 건 아닙니다. 잊지 않겠다는 위로보다 진실을 밝히고 관계자를 단죄하겠다는 약속을 국민들께서 기억하신다는 것도 잘 압니다. 금전으로 유착된 관계들을 밝히느라 관련 공무원들 피로가 누적된 상태입니다. 일소해야 할 대한민국의 적폐가 생각보다 거대하고 견고합니다. 잠시 숨 돌리고 마무리하겠다는 다짐으로 받아주셨으면 합니다. 대통령부터 솔선수범해서 국무회의를 재정비하겠습니다. 공무원

을 포함한 국민 여러분께서 휴가 다녀오시는 며칠 동안 한 치의 흐트
러짐 없이 국정을 유지하겠습니다. 슬픔이 범람하는 대힌민국입니다
만 모쪼록 가정에 평온이 함께 하시기를 응원합니다. 대한민국 대통
령 박근혜가 책임지고 세월호 비극을 마무리하겠습니다. 감사합니
다.

기억의 우선순위

세상이 미쳤으니 바람도 제철을 잊고 가을을 가불했다. 서늘하고 습기 없이 거리를 비질한다. 이러다 가로수마저 이파리 물들여 떨구는 건 아닐까. 이미 세상이 미쳤음을 알면서 딴청 피우려니 한심스럽다. 알곡이 여물기도 전에 서리가 내리고 반팔에서 외투로 직행하는 건 아닐까 하다가 담배 하나 꺼내 물었다. 이쯤 먼 곳에서 피우고 가야 옆 사람에게 불쾌감을 주지 않겠다 싶은 나름의 배려이고 흡연에 대한 자책이다. 서촌갤러리에는 사람들이 가득하다. 특히나 중3이나 됨직한 학생들이 삼삼오오 편지를 쓴다. 녀석들 정수리에 맴도는 가마를 본다. 맹골수도에도 저런 소용돌이가 있었을 것이다. 산목숨을 휘감아 저승으로 데려갔을 것이다. 피곤한 것도 아닌데 현기증이 난다. 세상이 빙빙 돈다.

참사가 벌어지기 이틀 전에 그린 그림을 보다가 가슴이 무너진다. 인생이 이토록 허망한 것일까. 예슬이는 웃고 있다. 동영상으로, 그림으로, 디자인으로 아직 살아 있다고 말을 건다. 아저씨는 어디서 오셨느냐고 웃는 것만 같다. 그래, 아직은 살아 있고 오래도록 살아 있을 테고 부모님 가슴에서는 영원히 살아 있을 거라고 말해주었다. 그러나 너 말고 이름도 불리지 않는 친구들 부모님은 더 외롭겠다. 죽어서도 높낮이가 생기는 것이 인간의 숙명이라고 하려니 내가 철없는 어른인 것만 같다. 내 새끼도 내 눈엔 잘나고 재주 많고 심성 착한데 왜 불러주지 않나, 왜 사람들은 몇몇 아이들에게만 안타깝다고 눈물을 흘리나 하고 다른 부모들이 움츠릴 것 같다. 아니다. 아니다. 네가 기억의 창구가 되어주리라. 네 웃음이 슬픔의 통로가 되어 사람들의 눈물이 그리로 흘러 너희들 몸에 묻은 펄을 씻어 주리라.

이틀, 목숨을 잃기 전 이틀이 머릿속을 맴도는 하루다. 내게도 그런 이틀이 있을 것이다. 누구라도 그런 이틀을 맞이할 것이다. 어차피 정을 떼고 가지 못할 바에야 순식간에 들이닥치는 슬픔이라야 신에게 한탄이라도 할 수 있겠다. 무기한이라는 전시기간을 보며 슬픔과 분노의 유통기한을 가늠해본다. 장영승 서촌갤러리 대표의 마음이 어깨를 누른다. 얼핏 보면 공감의 표현인 것 같아도 이렇게 작정하기란 쉽지 않다. 상대를 알면서도 끝까지 해보자고 주먹을 쥐는 일은 용기 이상의 것이 필요한 법이다. 내가 세월호 가족이라서, 관계자라서 고마운 게 아니다. 허망함에 한 줄기 빛이어서 고맙고 아직은 기댈 사람이 남았다는 사실에 안도한다. 갤러리는 따듯한 슬픔이 가득했는데 바깥은 여전 차갑다. 청와대 가까운 곳이어서 그런지 서촌의 바람은 그악스럽고 냉랭하기가 동짓달과 다를 바 없다. 움츠리긴 싫다.

2014. 7. 29.

한 번만, 한 번이라도

통화권을 이탈하면 핸드폰 배터리가 빨리 소모됩니다. 연결하려고 애
쓰느라 힘을 다하는 거죠. 심하게 추운 곳에 있어도 마찬가지입니다.
견디느라 진이 빠집니다. 사랑하는 누군가가 천국으로 가버렸다면 그
와 말이라도 한마디 나눠보려고 애간장을 태울 겁니다. 꿈에라도 만
나고 싶어 얼른 잠들었으면 하는데 야속하게도 잠은 오지 않습니다.
결국 건강을 해칩니다. 천국에서 올 전화가 있습니까? 천국으로 전화
하고 싶은데 번호를 모르십니까? 그리움이 깊으시군요. 그러나 잊기
전까지는 함께하는 거라고 말씀드리겠습니다. 내 기억에 존재하는 한
이별이 아닙니다. 제게도 그런 분이 계십니다만 이십 년이 넘도록 통
화는 연결되지 않습니다.

천국의 반대말은 무얼까요? 지옥입니까? 사랑의 반대말은 미움이 아
니라 무관심이죠. 그렇다면 천국의 반대말은 현실 아닐까요? 천국에
갔다, 지옥에 갔을 거다 이렇게 말하니까 결국 어딘가로 가는 거라서
천국과 지옥은 비슷한 말이 될 수도 있습니다. 저는 이별을 기준으로

반대말을 생각했습니다. 다시는 만날 수 없으니 천국이건 지옥이건 현실의 반대가 되는 겁니다. 사랑하는 사람을 다시는 볼 수 없다는 사실을 누구라서 인정하고 싶겠습니까. 가슴이 터질 노릇입니다. 죽음을 확인하는 순간 본인들도 죽은 것과 마찬가지입니다. 인정하는 순간 이전의 삶으로 돌아가지 못합니다. 병상에 오래 누웠던 환자라면 준비할 시간이 있었으니 그나마 고통이 덜할 겁니다. 급작스레 닥친 죽음이라면, 누가 무슨 짓을 했는지 밝히지도 못하는 죽음이라면 유족들의 애통함은 씻을 방법이 없습니다. 세월호 참사의 진실도 누가 전화로 알려주면 고맙겠습니다. 이승과 저승의 경계를 지울 수 없다면 누가, 왜 그랬는지라도 알아야 합니다.

명복 비는 일과 같은 무게로 남은 사람들을 위로해야 합니다. 제가 라디오에서 다음 주에 소개할 책이 미치 앨봄의 『천국에서 온 첫 번째 전화』입니다. 클로징 멘트 쓰다가 심란해져 일부를 여기 붙입니다.

세월호 가족들께라도 천국에서 전화 한 통씩 오면 좋겠습니다. 사람마다 한 번의 기회가 있다면 저는 기꺼이 아버지와의 통화를 양보하겠습니다. 모금하듯 통화권通話券을 모아달라고 공지하면 희생자 숫자보다 훨씬 많은 횟수가 모이리라고 확신합니다. 제가 너무 낭만적이고 감상적입니까? 이토록 엉망진창인 나라에서 낭만도 감상도 없으면 퍽퍽해서 어떻게 살겠습니까? 진실은 밝혀져야 합니다. 영정사진 앞에서 진실보다 오래 타는 향은 없습니다.

2014. 7. 31.

거 대 한   폐 차 장

세월호에 화물차를 싣고 탑승했던 운전자들이 있다. 평생을 도로에
서 기름밥 먹은 사람들이니 때론 거칠고 생존력 또한 남다를 수밖에
없다. 전원이 탈출했다고 믿으련다. 이들이 자책에 빠져 있다. 본인
들에게도 단원고 아이들 같은 자녀가 있을 것이다. 몇몇을 구조했을
테고 또 몇몇을 구조하다가 포기하고 돌아섰을 일이다. 내 코에 물이
들어오는 상황이니 피신하는 건 생명체로서 당연한 행동이다. 그러
나 후회가 없을 리 없다. 잠이 오지 않을 것이다. 약이 아니면 견디지
못할 환영에 시달리는 경우도 있겠다. 술로 마음을 다스리느라 몸이
엉망으로 무너지고 있겠다.

탈출한 사람들 중에는 이들이 가장 큰 피해자다. 전부는 아니라도 운
전자들은 할부로 구입한 차를 두고 나왔으니 목숨의 절반이 물에 가
라앉은 셈이다. 남은 할부금이 목을 조여 오는 중이겠다. 화물에 대
한 보상을 혹시라도 운전자들에게 일부 떠넘기는 건 아닌지 걱정스
럽다. 월급쟁이 운전자도 있겠다. 화물차 하나로 생계를 이어갔는데

그건 누가 보상하고 언제 보상할 것이며 또 얼마나 보상해줄 것인가. 정부에서 대책을 세웠으리라 믿으면서 그간의 행태를 보면 이들의 고통을 절반도 덜어주지 못할 게 확실하다. 유병언 일가 재산을 가압류하니 뭐니 하는 건 차후의 일이다. 정부에서 충분한 생계대책을 마련해주고 비용은 책임자들에게 구상권 청구로 해결해야 마땅한 일이다. 모자라면 세금으로 벌충하면 된다. 이런 교통정리 하라고 정부가 존재하는 거다.

서글픈 약자인 화물차 운전자들이, 시원찮은 가정경제의 버팀목인 가장들이 건강하게 일상으로 복귀해야 한다. 그들 건강이 무너지면, 그들의 생계가 주저앉으면 또 다른 살인이다. 연쇄살인이라고 불러야 할 일이다. 미처 구하지 못한 아이들의 울부짖음이 귀에서 떠나지 않을 테니 치료해주고 당신들 잘못 아니라고 위로해야 한다. 배도 못 타겠고 운전대도 잡을 수 없다는 사람들에게 새로운 희망을 쥐어주는 게 정부의 당위다. 수습과 진실규명은 동시에 진행되어야 한다. 진실이 밝혀질 때까지, 책임이 누구에게 얼마나 있는지 가늠할 때까지 기다릴 수 있는 피해자는 없다. 기다려야 할 이유도 의무도 없다. 피해자가 왕이다. 어느 누구도 그들의 심정을 온전히 알아줄 수 없기에 피해자가 왕인 것이다. 그러니 그들의 새 화물차가 도로를 달릴 수 있게 해주어야 한다. 성금이란 국가예산과 별도의 금액이다. 합산할 수 있는 성격이 아니란 말이다. 의무와 자발을 혼동한다면 당신들은 바보다. 바다 속 거대한 폐차장에 처박혀야 마땅하다.

2014. 8. 2.

어미라서, 어미니까

—단식 중인 유경근 씨 걱정에 달려온 그의 어머니

염천에 끼니 거르는 아들을 본다. 죽기를 작정하기야 했겠냐만 죽어
도 그만이라는 아들을 본다. 내 새끼 입에 먹을 것 들어가는 모습과
내 논에 물 들어가는 때가 제일 좋다는 속담도 있는데 입술이 타버린
아들을 본다. 가슴이 숯덩이라서, 썩어 문드러진 가슴이라서 참다가
참다가 거죽으로 배어나온 애통을 본다. 몸을 찢어 낳은 아들이다. 몸
을 덜어 먹이고 키운 아들이다. 어린 것 잔기침만 해도 늑골이 부러
지는 통증을 느끼는 게 어미라서 한 시도 불안을 떨치지 못하고 살았
는데 강건한 아들이 무너지는 모습을 본다. 폐허에 웅크린 등을 보다
가, 결기만 서늘해진 이마를 보다가 나란히 옆에 앉는다. 내 아들 죽
으면 따라 죽겠다고 허공을 본다. 이럴 줄 모르고 한 표 얹어줬다고,
이럴 거라면 손목을 자르겠다고 고개 숙여 땅만 본다.

어미라서 슬픈 광장이다. 아비들이 절규하는 광장이다. 무심한 행인들
사이로 감정의 걸인인 양 쭈그려 앉은 어미의 광장이다. 분수의 물만 봐도
허우적거렸을 아이들 생각에 몸서리치는 어미들이다. 정부에서 파견

한 소음만 왕왕거리며 울음소리를 덮는 광장이다.

어미니까 견디는 광장이다. 내 새끼가 왜 죽었는지 알아내야겠다는 광장이다. 의문 앞에 단식으로 맞서야 하는 아들 걱정에 노쇠한 어미도 몸을 떤다. 삼복에 추위를 느낀다. 아들은 죽은 딸이 원통해서 음식을 끊고 어미는 그 아들이 걱정스러워 찾아온 광장에 공무원 같은 땡볕만 출렁거린다.

아귀처럼 달려들어 물어뜯고 할퀴고 구정물을 퍼붓는가. 지쳐 쓰러지면 죽었다고 서둘러 치워버릴 속셈인가. 다 죽기를 기다리는가. 벗바리 허약해 하소연할 누구도 없는 사람들이니 제풀에 물러날 거라고 생각하는가. 민중 앞에 기만이 끝까지 통하리라 확신하는가. 무관심이 난무하는 야만의 거리를 만드는가. 호도糊塗가 송곳니 드러내는 짐승들의 시간인가. 그렇다면 그대들은 틀렸다. 그렇다면 그대들은 끝이다. 자식 잃은 부모보다 위험한 존재는 없단 말이다. 자식이 왜 죽었는지도 모르는데 가만있을 부모는 없단 말이다. 민중의 분노도 한계를 넘었단 말이다.

2014. 8. 8.

채 권 추 심 債權推尋

이른바 정치권, 지도층 인사들에게 묻는다. 그간 대중에게서 받은 찬사와 존경을 무엇으로 보답했는가. 잘난 본인들을 우러르는 것은 당연한 일이라고 생각하는가. 책으로, 강연으로, 칼럼으로 드높은 정신세계를 보여주었으니 찬사를 지속하란 말인가. 정갈한 양심도 있다고? 행동하지 않는 양심은 또 다른 폭력일 뿐이다. 당신들 책은 정직하게 지불하고 샀다. 강연 또한 주최측에서 거마비라도 보냈을 일이다. 칼럼도 마찬가지다. 공짜로 보고 들은 거 없다. 그렇다면 당신들과 대중의 대차대조는 끝났는가. 아니다. 당신들은 대중으로부터 받은 찬사에 대해 빚이 있다. 학식이 높다고 칭찬할 일 아니고 덕망을 쌓았다고 무작정 존경하는 게 아니란 말이다. 대중이 나락에 떨어졌을 때 불빛이 되어줄 거라는 기대감으로 찬사를 보냈던 거다. 이 혼란기에 당신들은 침묵하고 있으니 빚 갚을 기회를 스스로 저버리는 셈이다. 세월호 특별법이 엉망진창으로 합의되는 마당에 거리에 명석 깔고 앉거나 분명한 항의가 있어야 하는데도 침묵으로 일관하니 비겁이고 직무유기에 가깝다. 빚을 외면하는 사기꾼과 다를 바 없다.

나는 이제 정치권, 지도층 인사라는 말을 버린다. 그따위 인식으로 감히 누구를 지도한단 말인가. 당신들의 책이나 강연을 무시하겠다. 어떤 경우라도 당신들이 하는 말은 헛소리라고 넘겨버리겠다. 맘대로 하라고? 당신들 존경하고 따라다닐 사람들 얼마든지 많다고? 그래라. 그런 무뇌아들의 우두머리가 되어 잘난 지식 쪼가리나 팔아먹고 허황된 논리로 그들을 마비시켜라. 애당초 믿지도 않았고 믿고 따르는 사람들을 우려했다만 이제 확실해졌다. 세월호 문제는 정치색도 이념도 아니다. 타인과 공감할 수 있느냐는 리트머스 시험지이고 파충류인지 인간인지 구분하는 한계선이다. 당신들은 시류에 편승한 지식 장사꾼이고 권력의 그늘에 빌붙은 독버섯이며 먹을 것이나 찾아 떠도는 상갓집 개다. 심하다고 대거리하지 마라. 할 수만 있다면 세월호 인양해서 당신들을 태우고 싶다. 아니, 당신들의 장남과 막내딸을 하나씩 태워 진도 앞바다에 띄우고 싶다. 천박한 복수심이라고? 당신들이 그리 만들었다. 누구나 악마와 천사가 공존하는 게 인간이거늘 당신들 때문에 악마만 활개 치는 거다. 겨우 이렇게 밖에 할 수 없는 내가 한탄스러울 뿐이다. 분노 때문에 스스로 좌절할 일 아니니까 당신들을 겨누는 거다. 나는, 우리는 죄가 없단 말이다.

공 감 의 힘

교황께 감사 인사 드린다. 지극한 마음으로 이방의 어른께 삼천 배라
도 올리고 싶다. 독재 치하의 아르헨티나를 겪었으니 대한민국 과거
를 모를 리 없다. 그 장본인의 딸이 청와대를 점거한 나라에 오고 싶
었을까. 언론은 대통령의 오고초려五顧草廬라며 칭송하기 바쁘지만 그
자체가 대한민국의 천박함을 드러내는 작태다. 인권이 아름다운 국
가라면, 진정 애틋함이 공유되는 사회라면 교황청에서 먼저 방문 의
사를 타진했을 일이다. 극심한 박해와 순교를 통해 천주교가 전파됐
고 신도들 또한 많으니 교황청에서도 비중을 두었을 거다. 순교자 124
위의 시복식이 증명한다. 누구라도 찾아들게 만들어야 진정한 힘이
지 요청하고 재청해서 이뤄내는 일은 비즈니스 영역이다. 꽃이 벌 나
비를 부르느라 요란스럽던가 말이다.

교황께 재차 감사 인사 드린다. 돌아서며 서늘한 기운을 느낀다. 다
만 눈물 쏟으며 감정의 순환을 이뤘을 뿐 대한민국에 구체적으로 해
줄 수 있는 일은 없다. 천국의 존재가 증명됐다면 교황이 대통령보다

강력했을 테지만 현실에 묻혀 사는 무신론자의 입장에선 교황보다 대통령이 만사 실행 가능한 주체다. 감성의 영역에서, 영혼의 씻김이란 측면에서 교황께 감사드린다. 같은 크기로 교황 방문을 성사시켰다고 떠드는 종자들의 무감각이 한탄스럽다. 교황 덕분에 경제가 돌아간다고 머리기사를 썼던 언론인을 월급쟁이일 뿐이라고 말해주고 싶다. 대통령이 중학생 시절에 율리아나라는 세례명을 받았다고 떠벌이는 지면을 보며 한탄한다. 천주교를 욕보이는 일이다. 종교에 입문하는 것과 인간의 성품은 전혀 다르다는 것을 입증하는 문장이다.

위안은 대안이나 해결이 아니다. 위로는 잠시 쉬게 할 수 있을 뿐 결과를 바꾸지 못한다. 교황을 마주하는 순간 울음이 터진 세월호 가족들을 보며 그들의 외로움을 실감했다. 극에 달한 절박함이 느껴져 가슴이 뻐근했다. 목이 막히고 저절로 주먹에 힘이 들어갔다. 종교로서, 영적인 충만으로서 교황을 영접할 수 있어야 진정한 복지국가 아닌가. 교황에게 우리의 안타까운 사연을 하소연하지 않아도 돼야 국가로서의 체면도 서는 것 아닌가. 세월호 가족들의 아픔을 위무하고 해결해줄 사람이 있는데도 우리가 왜 교황에게 눈물을 쏟아야 하나 말이다. 교황이 타국의 내정에 대해 무슨 권유를 할 수 있는가. 국제적 비난이 일어난다 해도 달라질 것 없다. 저들은 비난을 감수하고라도 지켜내야 할 자리이기 때문이다. 밀리면 끝장인 걸 알아서 결사항전도 불사하는 거다.

민중 누구도 교황만큼의 힘을 가지지는 못했다. 권위의 문제가 아니다. 진정성은 오염되지 않는 힘이기 때문이다. 그분이 돌아가면 우리는 다시 지옥을 유지해야 한다고 한탄하지 말자. 공감의 힘을 보았으니 우리가 서로에게, 우리들끼리라도 세월호 가족들에게 공감의 힘을 실어주어야 한다. 교황 방문으로 한국 사회가 얻은 교훈이자 사례는 공감이다. 공감의 힘을 실감했으니 실천하면 세상도 바뀐다. 공감하면 당사자들의 아픔이 희석되고 실천을 향한 근육에도 힘이 들어간다. 돌아가신 부모가 나타났더라도 세월호 가족들이 그리 서글피 울지는 않았을 것이다. 참사 후 처음으로 존중받는 느낌이었다는 말의 함의를 다시 곱씹어야 한다. 완벽하게 합일할 수는 없는 관계지만 인간이니까 함께하는 거다. 아직은 피가 따뜻하니까 손을 맞잡는 거다. 특별법은 세월호 가족들의 요구대로 제정되어야 한다. 광화문 천막에 첫눈 날리는 모습을 보게 될까 벌써부터 마음이 옥죈다. 또 다른 희생자가 나올까 봐 살얼음판을 느낀다.

2014. 8. 17.

단식으로 단식을

힘없는 자의 극단적 저항은 자살이다. 자신의 존재를 부정함으로써 상대를 무력화하는 셈이다. 그러나 이 방식은 정작 상대에게 직접적, 즉각적 타격을 입히지 못한다. 순식간에 소식이 퍼져나가고 다시 참사의 진앙으로 모여들게 된다. 간접폭발 방식으로 끝장을 보게 된다. 투신이나 분신자살이 이에 해당한다. 투신보다 분신은 참혹함 때문에 더 빠르게 분노의 뇌관을 격발시킨다. 베르테르 효과가 반복적으로 사람들을 전염시킨다. 이 모든 일들을 우리는 숱하게 겪으며 살아왔다. 노동자가, 대학생이, 세상에서 떠밀린 사람들이 자살을 택했다. 지금 이 순간에도 누군가는 수면제 개수를 헤아리고 있을 것이고 마포대교를 건너며 가족들 얼굴을 떠올릴지도 모를 일이다.

단식에 대해 한 달 넘게 생각하며 움츠렸다. 세월호에 갇혀 목숨 잃은 유민이 아빠 김영오 씨 단식 소식을 들으며 큰일 나겠다는 예감이 버섯처럼 자리 잡았다. 세월호 때문에 가슴은 그늘만 남았으니 버섯 말고는 자라날 나무가 없다. 단식은 가장 극단적이면서 자기결정권과의 극심한 싸움에 빠지는 일이다. 죽을 수 있다는 사실을 알면서도 지속한다는 것은 옥상에서 뛰어내리는 일과 다르다. 울컥하는 마음에 몸에 불을 붙이는 일과도 다르다. 방법에 따른 의미의 경중을 논하는 게 아니라 지속 시간에 따른 갈등과 공포를 강조하고 싶다. 죽음 앞에 시계가 느리게 간다고 가정해보라. 목에 올가미를 걸고 매달렸는데 오 분이 아니고 다섯 시간 넘게 목뼈도 부러지지 않고 폐부가 찢어지는 통증을 느낀다고 생각해보라. 단식은 이런 상황을 한 달 넘게 지속하는 행위다. 매 순간 죽음의 서늘함을 느끼고 매 순간 중단에 대한 유혹을 뿌리쳐야 한다. 그는 여타 단식처럼 얻어낼 영광이 있는 게 아니다. 이익을 위한 노림수가 있는 것도 아니다. 오늘부터 평생 물만 마시고 산다 해도 죽은 아이는 돌아오지 못한다. 단지 왜 그랬는지 알아야겠다는 애원이다. 아비로서 새끼가 죽었는데 시신을 부여안고 울다가 끝낼 일이 아닌 때문이다. 힘도 없고 벗바리도 없어서 그는 자신의 전 재산인 몸을 걸었다. 되돌릴 수 없는 목숨을 걸고 진실을 밝혀달라는 거다.

정치인들 다 나와라. 선거 때 유세차 타고 고함지르던 순간의 마음으로 광장에 모여라. 고맙게도 가수 김장훈이 동참하고, 각계에서 지원 성명을 발표하고 있지만 청와대는 꿈쩍도 하지 않을 것이다. 정치인들, 당신들이 나와서 단식해야 그나마 움직일 정권이다. 진보 운운하던 사람들 어디 있는가. 내가 생각하건대 지금 당장 김영오 씨를 대신해서 단식에 들어가는 게 당신들이 애용하는 진보의 참모습이다.

몇이서 시작하고 구급차에 실려 나가면 또 다른 몇이서 이어가라. 국회는 버려라. 어차피 다수 여당에 밀리느니 어쩌느니 머릿수 타령이나 하는 곳 아니냐. 많이 배우고 훌륭한 사람들 자주 만나면서 겨우 머릿수 타령이나 하니 당신들은 개나 돼지인가. 표결 타령이나 하려면 자리 비워라. 그건 초등학생도 반장선거에서 이미 다 경험한 일이다. 당신들이 나와라. 김영오 씨에겐 또 다른 딸이 있단 말이다. 목숨을 잃은 큰딸과 마찬가지로 그 막내를 키워낼 책임이 있는 아비란 말이다. 당신들이 나와라. DJ, YS도 목숨 걸고 싸웠다. 당신들은 뭐하고 있나. 어차피 찍어줄 수밖에 없는 구조라고 안심하는가. 밥그릇 튼튼하단 말인가. 그걸 정치적 계산이라고 하는가. 좋은 머리로 겨우 그 계산을 하는가 말이다. 당장 나와 김영오 씨 자리에 대신 앉아라. 박근혜 정권에서 그를 살릴 수 있는 사람들은 그나마 당신들이다. 시민이 동참하길 바라는가. 내가 동참하겠다. 당신들이 죽기를 무릅쓰고 광장에 앉겠다면 나라도 달려가 김영오 씨 대신해서 참여하겠단 말이다. 나와라 당장.

2014. 8. 18.

납세, 탈세, 횡령

슬픈 영화를 보면 눈물을 흘린다. 서글픈 상황에 처한 사람을 보면 돕고 싶어진다. 상처 입은 사람에게 다가가 손이라도 잡아주게 된다. 갹출해서 경제적 보탬이 되고 주변에 알려 도움의 크기를 배가시킨다. 그러고 싶어진다. 처음엔 겸연쩍어 망설여도 종내는 다가간다. 이 모든 행위는 본인의 감정 소비를 유발한다. 아프지 않으면 행동하지 않는다. 공감하지 않으면 함께 울어줄 수 없다. 경계해야 할 하나가 있다면 자신과 다르다고 비난하지는 말아야 한다는 점이다. 심해지면 우월감까지 장착하게 된다. 이건 망하는 지름길이고 도움이 절실한 주인공을 방해하는 꼴이다. 나는 이 흐름을 [감정의 원천징수]라고 부른다. 신이 존재해서 거둬가는 거다. 참사 앞에 슬프지 않거나 공감이 일어나지 않으면 미납이다. 외면하는 자는 탈세범이다. 기만으로 일관하는 자들은 횡령까지 가중된다. 원천징수인데 어찌 미납할 수 있을까. 그게 가능하니까 범죄자인 거다. 가슴이 열린 사람이라면 숨길 방법이 없다. 아무리 여며도 틈이 생기는 게 인간이고 당연한 현상이다. 미납하고, 탈세하는 범죄자들은 완벽하게 마음을 닫는 재주가 있다. 그러나 그들이 모르는 게 있다. 언제까지 닫혀 있을 수 없다는 거다.

광화문 광장에 앉았다 들어왔다. 어제 밤에 김영오 씨 단식 관련한 글을 쓰고 종일 마음이 불편해서 일도 없이 그냥 나갔다. 비 오는 광화문 골목, 우산 쓴 사람들이 낭만적으로 보이지만은 않았다. 깔깔거리며 걸어가는 젊은이들 앞날이 환하지는 않겠다는 생각까지 했다. 광장에서 노래 부르는 사람들 너머로 동화면세점 네온이 환하다. 작금의 대한민국에서 감정의 면세를 누릴 자 누구일까. 누가 무슨 자격으로 이 참혹한 시절을 감정의 원천징수 없이 지나갈까. 활보하는 탈세범을 우리는 왜 바라보고 한탄만 할까. 나는 바보라서 비 오는 광장에 하염없이 앉아 있을까. 아니다. 아닐 것이다. 나는 자진납세하는 중이다. 정치도 사상도 다 떠나서 자식 잃은 부모의 애통을 외면할 수 없다. 자식 잃은 부모의 항변 앞에는 신조차도 대답이 궁색할 것이다. 어느 정권도 자식 잃은 부모를 이기지 못한다. 비가 그칠 듯 이어진다. 우산을 썼는데도 마음이 다 젖었다. 우산은 나처럼 바보라서 겨우 몸이나 가려준다. 비로부터 마음을 가려줄 우산은 어디 있는가. 얼마나 더 감정의 자진납세를 거듭해야 그런 우산을 손에 쥘 수 있는가.

2014. 8. 21.

염결과 소심의 길항拮抗

자신에 대해 엄격해야 한다는 잠언 아닌 강박에 시달리며 산다. 엄격
했는지 아닌지는 내가 판단할 일이 아니다. 스스로 한다면 확신범이
될 확률이 높다. 어느 인간이 자신을 그리 낱낱이 해부할 수 있으며
도덕의 저울에 올릴 수 있는가. 세상의 기준은 탄력이 대단해서 수시
로 변한다. 포용이란 간판을 걸고 눈금을 바꾼다. 내게도 잘못과 실
수가 있을 것이다. 장기 미결수와 같다. 어쩌면 집행을 유예하자는 타
협을 진행하며 지금까지 살아왔는지도 모른다. 그러나 변하지 않는
것이 있으니 측은지심이다. 작금의 정치인들처럼 타자에 대한 측은
지심이 없다면 함량이 떨어지는 인간이라고 확신한다. 봄마다 잘려
나간 가로수들을 보며 안타까운 것도 일종의 측은지심이다. 살아 움
직이는 생명체에 대해 흔들리는 것도 동일한 감정이다. 내 가족, 내
친구에게 보이는 마음이야 누구나 마찬가지다. 문제는 일면식도 없
는 사람, 지나가는 개, 트럭 밑에 웅크린 고양이에게도 비슷한 농도
를 보이느냐는 거다. 나 역시 반성할 부분이 많고 남이 보면 궤변이
라고 할 논리로 나를 변호한 적도 있겠다.

세월호 참극으로 힘들면서 곁들여 나만의 고통이 있다면 한가하니까 매달리는 건 아닐까 하는 자괴감이다. 예전처럼 바빴어도 매일 세월호 이야기를 써나갈 수 있었을까 하는 반성 아닌 회의감이다. 물론 페이스북을 시작한 이래로 한 권의 산문집을 냈고 또 하나는 나올 예정이고 세월호 이야기까지 편집에 들어갔으니 거의 매일 글을 쓴 셈이다. 최근엔 시도 몇 편 건졌다. 직장에 다니면서도 밤마다 썼다는 증거로 나 자신을 변호한다. 아니, 한가해서 매달린 건 아니라고 위로해본다. 사람이 덜떨어져서 나날이 우울하고, 침몰하는 동안의 배 안이 떠올라서 견딜 수 없다. 별 것도 아닌 상상력이 외려 나를 괴롭히고 일상을 망가트렸다. 까칠해지고 식구 중 누군가가 한마디만 해도 뾰족한 소리를 던졌다. 먹먹한 상태가 반복돼서 옆의 말을 알아듣지 못하고 실수하는 때도 많았다. 극도로 긴장하지 않으면 방송조차 제대로 진행할 수 없다. 광장에 나갈 때마다 이 빌어먹을 나라를 떠나고 싶다는 생각이 솟구쳤다. 힘만 있다면 다 쓸어버리겠다는 망상이 꼬리에 꼬리를 물어서 잠을 설친 적 많다. 불행히도 현실은 파국으로, 절망으로 진행 중이다. 그러나 나는 바뀌지 않는다. 타협하지도 않겠다. 저들은 달라지지 않는다지만 나 역시 저들에게 굴복하거나 저들의 논리를 수긍하지 않겠다.

묻지도 않는 말을 장황하게 떠들었다. 제 방귀에 놀란 다람쥐처럼 공연히 설레발이다. 이러니 나는 염결로 무장한 대인이 아니라 소심한 인간이다. 누가 뭐라거나 내 방향대로 살았으면서도 여전히 누가 뭐라는 건 아닐까 신경이 쓰인다. 제대로 해내는 것도 없고 덕망을 쌓은 것도 아니면서 한 치라도 흐트러질까 신경을 곤두세운다. 출판 계약서에 도장 찍고 가기로 했던 진도로 간다. 바보처럼, 그게 무슨 대수라고 계약서에 도장 찍을 때까지 글만 썼다. 내 자신과 아무도 모르게 한 약속이지만 지키고 싶었기에 출판사가 나타나지 않는 동안 힘겨웠다. 가서 책에 붙일 후기를 쓸 참이다. 내 눈으로 보고 생목숨들 버둥거렸을 바다 냄새도 맡아야겠다. 진도 체육관에 고여 있는 슬픔에 가슴을 적셔 볼 일이다. 이렇게까지 엉망인 줄 몰랐는데 대한민국은 절망적이다. 진실을 알려달라고 새끼 잃은 아비가 목숨을 걸었는데 정치권은 의붓어미마냥 찬밥 한 덩이 던져주려 한다.

2014. 8. 21.

멀어서 가까운 지옥까지

길은 표정을 감춘 아버지다. 다급한데 한 치도 좁혀주지 않는다. 걷는 자는 보폭의 합솜으로, 뛰는 자는 심장의 근육으로 제 거리를 감내하라 단호하다. 견고한 안색을 처음부터 끝까지 풀지 않는다. 장마철지났는데 연착한 폭우마저 극성이다. 일산부터 부안을 지날 때까지 맹렬함을 늦추지 않는다. 목포 인근에 이르러서야 말갛다. 진정 팽목항까지 가려는 걸 알았는지 먹장구름이 몸을 연다. 먼 길에 보태 쓰라고 햇살 한 바가지 부어준다.

안산에서 진도까지, 전국에서 진도까지 딸의 사고 소식을 들은 아비가 달렸던 길이다. 아들이 실종됐다는 소식에 하늘이 무너진 어미가 달렸을 길이다. 어찌 도착했는지 모르게 진도체육관으로 뛰어 들어갔는데 찾아도 찾아도 생존자 명단에 이름이 없었을 것이다. 서로를 부축하며 이게 전원이 아닐 거라고 절규했을 것이다. 책임자 나와 보라고, 이 명단이 확실하냐고 되물었을 것이다.

체육관에서 팽목항까지, 시신이 올라왔다는 전갈에 불안과 당혹이 뒤섞여 내달렸을 길이다. 내 아들이 먼저 돌아왔을 거라는 마음을 안도감이라 불러도 될까. 내 딸은 효녀라서 부모 애간장 다 녹기 전에 올라왔을 거라는 마음을 믿음이라고 해도 무례는 아닐까. 가로등 없이 캄캄한 시골길이다. 좌로 우로 마음만큼이나 갈팡질팡하는 굽잇길이다.

아버지 같은 길이 운다. 표정을 감추고도 길은 운다. 팽목항에서 안산까지, 팽목항에서 방방곡곡으로 연결된 길은 참사를 먼저 알았기에 달려가는 사람들보다 먼저 아프다. 당신 딸은 배가 엎어지면서 목숨을 잃었다고, 당신 아들은 안간힘으로 버티다가 끝내 숨을 거뒀다고 차마 말해줄 수 없어서 길이 운다. 길은 울기만 한다. 타이어 소음이 흩어지며 울음소리까지 데리고 간다. 다급한 마음에 달리면 달릴수록 타이어는 파열될 듯 굉음을 낸다. 심장도 함께 터지는 것만 같다. 4월 16일 아침에도 전국에서 이와 같이 달려왔다고 고막을 찢는다.

2014. 8. 21.

동 행

이야기를 나누다 조용해서 일어나 보니 엎드린 채로 잠들었다. 피곤하겠지. 교대했지만 폭우 속에 남의 차를 운전하느라 불편했을 거다. 친구도 아닌데 단 둘이 먼 길을 온다는 것도 단박에 결정할 문제는 아니었다. 사실, 지인들에게 가자는 말을 하기가 곤란한 일이다. 팽목항과 진도체육관을 둘러보자는 명분이야 누구라도 거절하기 난감하지만 동시에 부담이고 불편으로 작용할 수도 있기 때문이다. 월요일 저녁에 광화문 광장에서 비를 맞는 바람에 몸살이 심하게 들었다. 그보다는 김영오 씨 얼굴을 보곤 마음이 무너지고 몸까지 무너졌다. 산문집 후기를 써야 할 입장이라서 이번 주 말고는 시간이 없으니 연기도 하지 못하는 상황이었다.

저 혼곤함 속에 숨어든 악몽은 어디 두었을까. 네 발 달린 짐승이라서 날뛸 텐데 위험하진 않을까. 뒤척거리기는 한다. 악몽은 수백 가족을 물어뜯은 송곳니였다. 우리들을 수시로 경악하게 만들었다. 아무리 너그럽게 생각하려도 악몽이라는 짐승의 주인은 효자동에 있는 것만 같다. 아니, 거기에도 비슷한 짐승이 웅크리고 있다는 확신이 든다. 밤새 그악스럽게 입김을 불어대던 환풍기 소음도 차곡차곡 개켜서 갈무리했을까. 이 환경을 4개월 넘도록 견디고 있는 세월호 가족들을 내려다보니 참담하다. 10명의 실종자는 언제 돌아오나. 저들은 밤마다 쪽잠에 들어 무슨 꿈을 꿀까. 바람 선선한 오후의 그늘에 앉아 망연히 바라보는 하늘에 어떤 얼굴이 떠오를까.

모기는 없었지만 낯선 촉감의 담요와 딱딱한 바닥을 불편해할 겨를도 없이 혼곤히 잠에 빠진 모습을 보았다. 아침 일찍 일어나 산책이라도 나간 모양이다. 단정하게 갈무리한 침구를 보며 세상의 뒷모습도 이와 같기를 희망했다. 인간의 행동이 이래야 한다고 생각했다. 나를 돌아보는 일, 타인을 거두는 일도 그가 정돈한 침구만큼 단정해야 마땅한데 대한민국은 반대 방향으로 질주한다. 내릴 수 없는 배에 탄 셈이다. 선장을 끌어내는 것 말고는 답이 없다. 하루에도 수십 번 뒤집히는 마음으로 산다. 어제 쓸쓸한 팽목항을 걸으며 새삼 세상이 무섭다는 생각도 했다. 대중의 심리라는 것, 애정과 관심은 변덕도 심하다는 두려움까지 올라왔다. 나는 어디까지 정돈하며 사는지 돌아볼 일이다. 동행한 친구가 자고 난 자리를 본다. 그의 이름은 이섭이다. 슬픔의 발굴지인 양 네모반듯하게 구획된 세월호 가족들의 잠자리를 내려다본다. 우리가 잔 관중석과 세월호 가족들의 마룻바닥은 불과 몇 미터 차이도 아닌데 충격의 크기로는 천 길 협곡이다. 모두가 나서서 애를 써도 메워지지 않을 깊이인데 외려 더 파내는 자들이 득실거린다.

마음의 고도 제로지대

슬픔은 저주 받은 물이다. 닿지도 않았는데 손이 젖고 거부할 겨를 없이 마음까지 젖는다. 한 번 젖으면 팔월 땡볕에도 마르지 않는다. 젖은 채로 시간이 가면 쓰라리다. 쇳물처럼 살을 파고 들어와 뼈까지 녹인다. 물에 빠진 사람이 숨 끊어지는 순간까지의 시간은 얼마일까. 평생 그 시간을 반복하며 삼키는 거다. 숨을 쉬어야 할 기도로 물이 들어오는 참혹을 견뎌야 한다. 폐가 찢어지는 통증을 일상으로 받아들여야만 한다.

둘러봐도 진도에서 가장 높은 곳이다. 슬픔은 물인데 왜 높은 곳으로 올라올까. 세상이 미쳤다는 증거일까. 체육관 바닥에 흥건한 슬픔은 언덕 아래로 흘러내리지 않고 고여 있다. 퍼낼 장본인들은 외면하고 애달픈 사람들만 달려와 저마다의 가슴에 담고 간다. 퍼낼수록 줄지 않고 늘어나는 슬픔이다. 전염되는 거다. 기꺼이 함께 앓겠다는 공감이다. 인간의 본성대로 행하는 일인데도 가증스런 혐의를 쓰곤 한다. 기만이 조폭보다 험악하게 들이닥친다. 가족을 잃은 사람들에게, 시신도 찾지 못한 사람들에게 악마도 머뭇거릴 막말을 해댄다. 저들 때문에 악마는 폐업했을 것이다.

누가 세월호 가족인지 모른다. 구분할 필요 또한 없다. 늦은 저녁 삼삼오오 바깥바람을 쐬는 체육관 마당에 앉아 그들을 본다. 청소에 분주한 자원봉사자들의 파란 조끼가 고맙다. 세면장, 화장실 모두 말끔하고 각종 지원물품도 구색을 갖췄다. 담요마다 세탁한 날짜를 쪽지에 적어 달아놓았다. 점검하고 오래된 것들을 골라낸다는 뜻이다. 덕분에 새물내 나는 담요를 덮고 잘 수 있었다. 고맙다는 말 외에는 달리 표현하지 못하겠다. 이 미친 세상에, 이토록 야만스런 짐승들의 나라에 그나마 마음 기댈 곳이 있다는 안도감이 생긴다. 동시에, 우리끼리만 기대고 살아야 한다는 절망감도 치솟는다. 국가라는 시스템 안에서 생활할 수 없다는 반증이기 때문이다. 진도에서 가장 높은 곳, 대한민국에서 제일 낮은 곳이 여기 진도군 실내체육관이다. 해발고도 제로여서 모든 슬픔이 흘러드는 곳이다. 함성과 축하가 만발해야 할 체육관에 비탄과 기다림만 깊이를 더해가고 있다.

2014. 8. 22.

하늘나라 우체통

팽목항은 하늘로 올라가는 길이 열린 곳이다. 억울하게 목숨을 잃은 사람 수백 명이니 신께서도 받아 올리느라 다급했을 것이다. 명을 다하고 돌아가는 영혼이야 예정된 순서라서 난감할 일 없다. 임종을 지키는 가족들 어깨를 두드리며 거둬 갔을 것이다. 살아온 내력에 따라 천국이건 지옥이건 선택의 여지없이 제자리로 맞춤했을 일이다. 신의 출석부에 없는 이름들이 한꺼번에 수백 명 올라왔으니 하늘의 법으로는 난감이고 지상의 감정으로는 참혹이다.

지상의 변고에 무심한 신이지만 이번만큼은 외면할 수 없었나 보다. 우체통을 보내주셨다. 애달픈 기다림을 넣어두라고, 서러움에 터지려는 가슴을 누르고 쓴 문장들을 담아두라고 빨간 우체통을 보내주셨다. 하늘나라 우체통이라도 담을 수 없는 크기의 슬픔인 까닭에 세월호 가족들에게는 소용없겠다. 삼손이 와도 들 수 없는 무게의 아픔이기에 세월호 가족들은 이용할 수 없겠다. 희미하면서 또렷한 안부여서, 손에 쥐려 해도 흩어지는 그리움이라서 지상의 봉투에는 넣을 수 없겠다.

아니다. 신께서 그리하실 요량이었다면 넉 달이 넘도록 돌려보내지 않는 목숨이 열이나 되겠는가. 자식 잃은 아비가 진실을 알려달라고 목숨을 걸었는데 모르쇠로 일관하는 저들에게 벼락을 아끼고 있겠는가. 안타까운 마음들이 지상에서 통용되는 방법을 동원한 거다. 우체통에 넣어두면 혹시나 지나가던 신께서 여겨보고 챙겨 가실까 하염없이 방파제에서 기다리는 거다. 이 먼 남쪽항구까지 찾아온 사람들이 세월호 가족들 대신해서 편지를 넣었을 것이다. 들물과 날물 사이로 애잔함도 그만이나 출렁거려서 서툰 글씨의 꼬마가, 눈 어두운 어르신이, 눈물바람의 여인네가 눅눅한 문장을 적었겠다.

우체통 앞에 멈추려다 지나쳤다. 등대 꼭대기에 점멸하는 경광등을 보며 대한민국에도 빨간 경고등이 들어온 거라고 낙담했다. 선량한 사람들만, 인간의 기본을 갖춘 사람들만 경악할 뿐이라고 절망했다. 다시 우체통 앞에 선다. 하늘나라 우체통이란 글씨를 보며 등대 경광등이 조등弔燈이란 걸 알았다. 노랗게 매달린 예의 그 조등이 아니라 피눈물로 붉어진 조등이다. 피를 토해도 가라앉지 않을 애통이라서, 천지를 물들이고도 남을 피눈물이라서 하늘마저 붉다.

2014. 8. 22.

공양미

몸살로 밤새 앓았다. 체육관이 빙빙 돌기에 넉 달 넘도록 고여 있는 슬픔 때문이구나 싶었다. 평온한 정신으로 잠들 수 없는 곳이어서 당연한 일이려니 생각했다. 다리가 천근이고 어깨가 만근이다. 먼저 일어난 자원봉사자들이 이부자리를 정돈한다. 이미 나가서 청소를 시작한 사람들도 있는 것 같다. 미안하지만 조금 더 누워 있었다. 명단에 이름은 올렸어도 정리가 밤늦게 됐는지 딱히 배정받은 일이 없다. 인근 미황사에 가서 명복이라도 빌어야지 했다.

공양미 한 봉지 사서 계단을 오른다. 평소 같으면 동백나무 둥치나 바라보고 꽃피는 이월에 꼭 와야지 하면서 헛된 약속을 새겼을 길이다. 지난 가을에 공사가 한창이던 사천왕문은 얼추 모양새를 갖췄다. 사천왕상만 들이면 되겠다. 아니, 사천왕이 꼭 필요한 곳이 여의도와 효자동이니 거기 먼저 들렀으면 좋겠다. 야차들을 짓밟아주면 평생 공양미를 바치겠다. 사천왕의 직무유기라면 누구에게 하소연하나.

담장도 공사가 끝났다. 양면으로 산석을 길게 눕히고 강회剛灰 섞은 흙으로 심을 박는 공법이다. 야트막한 경계이면서 맘만 먹으면 훌쩍 넘을 수 있는 높이다. 사람들 사이에 경계가 필요하다면 이만한 정도의 담장이어야겠다. 얼굴이 보이고 손 내밀어 악수도 하고 담장 위에 호박오가리를 함께 얹어도 괜찮은 담장 말이다. 세상은 각박하다 못해 서로의 아픔을 모르쇠로 일관한다. 사람이 떼로 죽었는데 원인도 알 필요 없다는 언구럭이다. 너희들이 벼슬 했냐, 자식 팔아 돈벌이 하려느냐 등등 사람의 입에서는 나올 수 없는 말들이 쏟아진다.

마침 스님께서 염불중이시다. 불자도 아닌 마당에 발원이 통할까 싶었는데 잘됐다. 불단에 공양미 얹고 삼배 올린다. 이깟 쌀 한 봉지로 될까 했다가 대한민국 절반 이상의 마음이라고 고쳐먹는다. 저 죽음들 어쩌면 좋으냐고 부처께 여쭤봐도 답은 없다. 기둥의 섬유질들이 질겨 보인다. 세월호 가족들의 슬픔도 이와 같이 천 년을 갈 것이다. 억울함과 의문이 대를 물리며 유전될 터다. 아직은 팔월이라고 땡볕이 목을 찌른다. 남해 쪽으로는 해무 자욱해 보이는 것 없다. 이 땅의 앞날 같아서 눈을 가늘게 떠봤지만 마찬가지다.

인부들과 점심공양을 함께 했다. 짜고 텁텁한 맛이다. 작년 가을엔 된장이 구수하고 나물들 풍미도 깊었는데 몸살 때문에 입맛이 떨어진 걸까. 아니다. 누구는 단식으로 저항하다가 병원에 실려 간 마당에 입이 달달할 리 없는 거였다. 먹는 즐거움조차 문득 죄스러운 나라이니 여

기가 지옥인 셈이다. 남기는 것도 죄라서 묵묵히 삼켰다. 참혹한 하루
하루를 살아내는 것처럼 밥을, 나물을, 짠지를 모두 다 삼켰다. 세월
호 가족들도 끼니를 때우고 있겠다. 자식 앞세운 부모가 무슨 낙으로
먹느냐 외면하다가 아니지, 진실을 알게 될 때까지는 살아 있어야 한
다고 수저를 다잡았겠다. 샘물에서도 바다 냄새가 난다. 개펄처럼 비
리다. 슬픔의 샘에서 솟아난 맛이다.

– 미황사 다녀온 이야기 끝내고 체육관 뒤뜰로 나와 담배 하나 물었
는데 이름 모를 새 울음이 날카롭다. 풀벌레 소리가 어둠을 흔든다.
우리도 아직 멈추지 못하겠는데 너는 그게 다냐고 옆구리를 찌른다.
처연한 소리들이 명주실처럼 목을 감아 당긴다.

2014. 8. 24.

하늘 높이, 신의 자리보다 더 높이

몸이 무겁다. 공기는 더 무겁다. 습기 때문만은 아니고, 내가 진도에
서 어제 밤늦게 올라온 까닭만도 아니다. 억울한 죽음의 분진이 광장
에 자욱하다. 흩어지지 않고 상공에 모여 있는 분노가 저녁안개에 섞
여 부옇다. 광장 양옆으로 5.16 쿠데타 기세의 차량들이 질주한다. 매
연에 머리가 혼탁해진다. 아이들이 천막 뒤편의 바닥 분수를 뛰어다
닌다. 흠뻑 젖은 채로 깔깔거리고 부모들은 그 모습을 사진으로 남기
느라 분주하다. 유년 아니면 즐거울 때 없다는 것을 절감한 부모들일
까. 녀석들이 성장하면 나아지려나. 어른이 되어 광장의 단식에 동참
하고 있는 것은 아닐까. 극심한 차별에 시달리며 포장마차 아니면 울
분을 토할 곳 없어 휘청거리면 어쩌나. 내 아들들은 세상의 그늘에 설
까 아니면 양지 근처에 자리를 잡을까.

양쪽에서 광장으로 건너오는 사람들을 본다. 세월호 참사에 분노가
크구나 생각하니 든든했는데 대부분이 서명대를 힐끗 쳐다보고 지나
간다. 표정들은 밝다. 나는 괜히 서운하고 뭐라고 한마디 해주려다 참

는다. 머뭇거리다가 서명하는 사람들을 본다. 친척이라도 만난 기분이다. 시원한 음료수라도 한 잔씩 건네고 싶다. 내가 왜 간절한가. 세월호 가족도 아닌 내가 왜 휴일 저녁을 광장에 앉아 오가는 사람들 안색이나 살피고 서명대로 다가오면 기쁘고 지나치면 서운한가.

차광막 너머로 이순신 장군 동상의 실루엣이 보인다. 저 칼을 뽑아들 수 있다면 좋겠다. 맘껏 휘두른 후에는 법대로 처벌 받아도 기쁘겠다는 상상을 하다가 대통령의 5월 담화를 떠올린다. 유가족 마음에 여한이 없도록 진상규명을 철저히 하겠다고 눈꼬리에 힘을 넣었었다. 여야와 유가족이 함께하는 세월호특별법을 만들겠다고 했다. 전부를 믿지는 않았지만 혹시나 기대는 했다. 또 속았다. 희미한 기대마저 날아갔다. 아직도 믿느냐고 누가 묻는다면 대통령을 믿은 게 아니라 믿고만 싶을 만큼 상황이 절실하다고 대답하겠다. 오죽하면 그 말에 혹시나 기대를 걸었겠느냐고 반문하겠다.

여럿이 둘러앉아 노란풍선을 만든다. 헬륨가스가 들어가며 "안전한 나라에서 살고 싶어요"라고 새겨진 글씨가 선명하게 보인다. 우리는 왜 당연한 것을 갈망하는가. 왜 우리는 기본 중의 기본조차 싸워 얻어내야 하는가. 하루를 꼬박 굶은 얼굴, 며칠을 굶은 등허리, 이제 막 도착한 듯 어색하게 자리 잡는 발을 본다. 무표정으로 앉았다가 가끔 웃는다. 소곤거리다가 두리번거린다. 축제였으면 좋았을 장소다. 웃음이 자연스러운 일상이어야 할 사람들이 잠깐 웃고 이내 무표정해지는 까닭을 우리는 안다. 저들은 모르는 척하는 게 아니라 모른다. 한바탕 놀이가 벌어지면 어울릴 시간인데, 당연해서 어색한 문구가 들어간 풍선을 만든다. 까짓 풍선이야 하늘로 올라가다 터지면 그만이라고 비웃지 말라. 간절한 풍선은 신이 앉은 곳보다 더 높이 올라간다. 터지더라도 올라간다는 사실이 중요하다. 올리는 사람들이 있음이 희망이다. 올라가는 모습을 보며 다지는 의지를 무시하지 말라. 당신들은 물질과 권력 말고 하늘로 풍선을 올릴 만큼 절실한 것이 있나. 세상에 절실함보다 강력한 무기가 없음을 알기는 아나.

2014. 8. 25.

차라리 개가

진도에서 돌아오는 길에 강진 백련사에 들렀다. 초당에서 동백숲 지나 백련사로 넘어오던 다산을 생각했다. 유배 18년의 세월이 걸음마다 발목을 후렸겠다. 다산은 해배 후 마재 고향집에서 18년을 더 살았지만 나는, 우리는 이 참혹의 땅에 종신유배된 것은 아닐까 두려웠다. 두 발 달린 짐승이 어디든 못 가랴만 가슴에 절망감이 가득한 이상 도처가 유배지이고 만사가 시틋하게 마련이다. 참사가 벌어진 지금 진실을 밝히지 못하면 영영 묻힐 확률이 크다. 50년 뒤에 밝히면 무슨 소용인가. 원한에 사무친 가족들 다 죽어 저승에 간 마당에 역사적 의미니 미래를 위한 반성이니 따위는 필요 없다. 주범들의 단죄를 보고 싶다. 힘으로 눌러 진실이 덮이는 건 아니라고 증명됐으면 후련하겠다. 의혹이라는 쇠뭉치를 발목에 달고 사는 꼴이다. 유배가 따로 없다.

누각 앞에 백구가 잠들었다. 그늘이라 땅도 식었을 테니 배 깔고 엎드리기 안성맞춤이다. 말 못하는 짐승도 천지운행의 이치를 아는데 세상은 거꾸로 간다. 정치권은 힘으로 밀어붙이고 언론은 철가면을 쓰고 짐승만도 못한 소리를 해댄다. 철가면이 아니라 본래 얼굴이 철판이다. 개 팔자를 부러워해야 하나. 절집에 사니 복달임 걱정도 없겠다. 현실이 비루하지만 개로 살고 싶지는 않았다. 먹고사는 문제가 힘겨워도 빈둥거리다가 밥그릇에 굽실거리기 싫었다. 딴에는 온갖 감정을 표현하는 거겠지만 그저 왕왕거림으로만 들리는 것도 마뜩찮았다. 부러운 게 있기는 있다. 개가 된다면 마음껏 송곳니를 드러내겠다. 개만도 못한 것들을 물어뜯고 비겁하게 우물쭈물하는 회색분자들을 으르렁거려 쫓아버리겠다. 어차피 짐승의 땅이니 종횡무진 그간의 울분을 풀어야겠다. 뻐딱한 먹물들 종아리를 회초리질 대신해서 물어야겠다.

누각에 앉아 창 너머 배롱나무 늦된 꽃을 바라보다가 피식 웃는다. 어쩌다가 개를 부러워하게 됐다. 대한민국에선 차라리 개로 사는 편이 수월하다는 생각까지 한다. 신도들이 만들었는지 누각 벽에 물고기 등이 빼곡하다. 세월호 이야기를 적은 리본도 하나씩 달려 있다. 같은 인간이기에 생면부지 모르는 사이인데도 마음을 보냈다. 개가 되어서 분풀이라도 했으면 싶다가 이런 광경을 보면 그래도 사람이 낫구나 한다. 무력하니까 분풀이나 생각하는 치졸함이 부끄럽다. 애를 쓰는데 꿈쩍도 하지 않는 저들을 볼 때마다 폭력을 갈망하게 된다. 또 다른 희생자가 나올 일인데도 언론사들을 불 지르고 싶다. 나 혼자만의 울분은 아니라고 변명하련다. 세월호 참사에 공감하고 아파하는 사람이라면 나와 다르지 않을 거라고 확신한다. 개를 부러워하더니 판단력마저 개 수준이 됐다 해도 괜찮다. 짐승을 잡으려면 사냥개를 풀어야 하는 거 아니겠냐 말이다. 문밖 백구는 아직도 오수에 잠겨 있다. 일어나봐야 한심스러운 세상인 걸 안다는 몸짓이다.

2014. 8. 31.

죽음을 능멸하는 자들에게

당신들은 스스로를 휘황한 전구라고 생각하나. 번들거리고 수시로 변색하는 걸 능력이라고 자랑하나. 학벌사회에서 명문대 나왔으니 대단하다. 기득권으로 뭉쳤으니 세상 두려울 것 없겠다. 힘 센 패거리로 몰려다니니 대적할 사람 누구겠나. 지갑도 두둑하고 꿍쳐둔 뒷돈 많으니 여차하면 돈으로 무마하고 목소리 큰 사람 사서 변호에 열을 올릴 수 있겠다. 세금은 제대로 냈나? 정당한 방법으로 벌어서 누가 봐도 투명하게 물려줬나? 살기는 편하겠다만 부럽지 않다. 그런 당신들을 좇는 인간들은 불쌍하다. 평생을 따라다녀도 나눠주지 않는다는 걸 모르니 안타깝고 한심스럽다. 세월호 이후로는 연민마저 버렸다.

당신들이 협잡과 분탕질에 능한 네온이라면 나는 바람만 불어도 꺼지는 촛불이다. 광장에 앉아 울고 한탄하다가 떠밀리고 돌아와 모니터 앞에서 힘을 주는 주먹이다. 가족 잃은 사람들과 정면으로 마주하지 못하고 등만 바라보다가 하늘로 돌리는 시선이다. 그러나 나는 세상

을 태워버릴 수 있는 불이다. 밍근한 전구가 아니라 뜨거운, 살아 있는 촛불
이란 말이다. 당신들을 화형火刑시키는 날이 왔을 때 수북한 장작더미
에 불을 댕길 수 있는 불씨가 바로 나이고 우리들이다. 꺼져도 다시
켜고 백만 번 폭우가 쏟아져도 끝내는 불길을 이뤄낼 촛불이다.

내게는 세월호 가족들 아픔을 해소할 능력이 없다. 특별법 통과시킬
국회의원도 아니고 그들에게 평생 경제적 안락을 제공할 재벌도 아
니다. TV를 보며 눈물 삼키는 소시민이다. 힘없는 사람들은 억울해
도 방법이 없다는 것을 인정하기 싫은 민중의 하나다. 단지 함께 울
었을 뿐이고 여전히 아픔을 함께하려는 중이다. 그래서 나는 세월호
배지badge를 달고 다닌다. 불편하게 바라보는 사람이 있으면 더 가까
이 다가간다. 아픔을 공감하는 능력이 죄처럼 호도당하는 세상이라
면 기꺼이 주홍글씨라고 인정하겠다. 짐승들의 거리에서 사람이니까
죄이고 사람이라서 아픔의 배지를 달았다고 드러내겠다. 사람보다 짐
승이 많은 거리라고 절망하지 않겠다. 죽음을 능멸하는 자들에게 굴
복하지 않겠다. 우리끼리라도 힘을 모으겠다. 애당초 포기했었지만
청와대도 더욱 다르게 보인다. 집이야 무슨 죄가 있겠나. 개가 차지
했으면 개집이고 부처가 앉았으면 법당인 거다. 나는 사람이니까 당
연하게 배지를 달고 나간다. 사람이라 짐승들 앞에서 당당하다. 사람
을 이긴 짐승은 없다.

2014. 9. 6.

거기까지 들린다면

달아, 이 불편함의 출처를 알려다오. 한가로이 쉬어도 될 연휴 첫날
인데 광장으로 나를 이끈 손은 누구 것인지 지목해다오. 사막인 내 가
슴 어디에 매복했는지 은거지를 귀띔해다오. 주인도 모르게 드나드
는 통로를 짚어다오. 행복해도 되는 시간들마저 젖은 옷 입은 느낌으
로 보내게 되는 이유를 해명해다오.

달아, 서로가 밤마다 눈 마주쳤으니 이토록 지독한 땅을 지켜봤다는
거 아니냐. 해쓱한 하현으로 절망하다가 혹시나 상현으로 마음 부풀
기도 했었지. 봄이 가을로 드러누울 때까지 달라진 것 없으니 기꺼워 만월
이었던 게 아니었구나. 길 잃은 영혼이 하나라도 생길까 봐 네 몸에 드
리워진 그림자를 밀치고 애썼구나.

달아, 이제야 고백한다. 우리와 마주치지 않는 반대편에서 흠뻑 울었
으면서 말갛게 아무 일 없었던 것처럼 어김없이 돌아온다는 것을 알
고 있었다. 창백한 안색으로 지나가던 대낮의 모습을 기억한다. 말이

라도 건넬까 하다가 알겠지 싶어 참았다. 왜 아무 말 없느냐고, 어떻게든 해봐야 되겠다고 종주먹을 들이대려다가 주저앉았다. 영영 보여주지 않는 네 뒷면에 신이 숨어 있는 건 아닌지 따져보려다가 포기했다. 신과 마주치면, 신마저도 어쩔 수 없다고 외면하면 뒷감당할 자신 없는 까닭이다.

달아, 노래만 듣고 가라. 이렇게 모이면 결국은 울음소리 낭자한 걸 알지 않느냐. 억누르다가 서쪽 산 너머에서 혼자 훌쩍거리지 말고 이 노래 끝나거든 서둘러 가라. 건드리기만 해도 와르르 무너질 만큼 아슬아슬한 심사들 아니냐. 죽창 들고 몰려갈 곳이 지척인데 참는 중 아니냐. 마지막 순서에 자식 잃은 어미가 나온단 말이다. 하루 이틀에 끝낼 일 아니니까 내일 다시 들르란 말이다. 달아, 도와주지 않는 달아, 사람의 일이니 사람이 해결해야 한다고 말해주지도 않는 달아.

명절이 명절이기를

그리움으로 허기진 사람만이 명절을 기다린다. 보고픈 얼굴들과 대면할 수 있으니 기다리는 거다. 못내 아쉬웠던 음성이 저만치 들릴 때 일상의 소음으로 무뎌진 귀가 새로 열린다. 맞잡은 손으로 유전자가 동일한 정이 흐르고 말로는 전하지 못할 안부까지 건네지는 것이다. 엄지손톱이 까맣게 죽은 아버지의 손이 안타깝다 못해 짜증을 부린 적 없는가. 불티가 튀어 눈꼬리에 흉이 생긴 어머니를 바라보며 연고 발랐으면 흉이라도 작았을 거라고 툴툴거리지는 않았던가.

명절을 기다리는 사람이 진정 행복한 인생이다. 명절이란 부대낌이다. 묵은 인연들을 만나 소용없어진 바람과 후회를 교환하며 시틋해진다. 가족이란 때론 얼마나 폭력적인가. 가족이란 울타리 안에서 벗어나지도 못하면서 견뎌야 했던 일들은 또 얼마나 많았던가. 그럼에도 명절을 기다리는 사람들이 있다. 그리움으로 허기진 자리는 눈으로 귀로 채워야만 하는 까닭이다. 거기는 모래바닥이라서 흥건한가 싶다가 이내 비워지고 만다. 버거우면서도 멈춰지지 않고 채웠다가 비워지면 더욱 허전한 것을 알면서도 반복하게 된다. 그래서 가족이고 그러니까 가족이다.

내일이 추석이다. 일산 하늘은 옅은 구름으로 달이 부옇다. 달도 속이 있는데 내려 보고 싶겠는가. 반지빠른 세상을 부유하는 구름이 눈치껏 가려주는 거다. 애틋한 가족들 모인 마당이나 비추면 좋겠다. 독거노인의 지붕은 푸른빛으로 말끔히 씻어주면 고맙겠다. 안산 언저리 참혹한 땅이 있으니 거기 서성이는 아비와 어미의 젖은 뺨이라도 어루만져주라고 부탁해본다. 이 땅에서는 명절이 오로지 명절일 수는 없는 것인가.

연약하게 한 포기씩 피어나도 꽃은 결국 들판을 덮는다. 촛불도 이와 같아서
불의를 태우고 얼음 박인 가슴을 데워 주리라. 신혜진 소설가가 제작한 촛불을
팽목항에 밝혀놓았다.

망각을 이기는 사람은 없지만 망각이 제 알아서 스스로 비껴가는 사람들이 있다. 우리는 세월호 가족이라 부르고 저들은 교통사고 피해자들이라고 손가락질한다. 팽목항은 시나브로 비워져도 노을만큼이나 흥건한 슬픔은 바다가 마를 때까지 퇴색되지 않을 것이다.

동화가 흔히 유통된다면 안온한 곳인데 팽목항에 등장한 하늘나라 우체통은
대한민국의 참혹을 증명할 뿐이다. 국가적 시스템은 실종됐고 우리는 한갓 동
화에까지 기대를 건다. 아름다움보다 슬픔과 절망이 먼저 출렁거린다.

진도 거주민보다 진도를 찾은 자원봉사자가 더 많았다는 기사에 안도하면서
도 서글펐다. 진도체육관은 숨소리조차 조심스러웠지만 세탁 날짜를 기록한
담요를 보며 감동했다. 철저하게, 현명하게 관리하고 있다는 증거였다. 질병이
번질 수 있는 여름이고 숱한 사람이 드나드는 곳이라 더욱 조심스러웠을 자원
봉사자들께 진심으로 감사 인사 올린다. 덕분에 잠시나마 평화롭게 잠들 수 있
었다.

폭우를 뚫고 내려간 길이라 피곤했는데도 새벽잠을 설쳤다. 웅웅거리는 냉방기 소리도 아니고 딱딱한 바닥 때문도 아니었다. 낮은 울음소리, 세상 가장 슬픈 짐승의 가슴이 찢어지는 소리를 들었다. 누구였을까. 그 여인은 이제 어떻게 살아갈 수 있을까.

참사 사흘이 지나 일산 미관광장에서 촛불집회를 열었다. 밤바람이 차가웠으나 사람들의 무관심만큼 차갑지는 않았다. 들불처럼 번져야 옳다는 당위와 들불처럼 번질 거라는 확신 사이에서 번민했다. 이때 쓰던 양초를 지금도 차에 넣고 다닌다.

뇌가 없는 집단과 심장이 없는 집단이 대한민국을 운영한다는 절망감에 빠졌으나 그래도, 누구 하나라도 살아서 돌아올 거라는 믿음을 버리고 싶지 않았다. 버릴 수 없었다. 하나 둘 사람들이 일산 미관광장에 모이고 학생들이 먼저 쪽지를 붙이기 시작했다.

© 탁기형

유명인사의 만장도 이보다 지극하지는 않았으리라. 시청 광장에, 광화문에, 팽
목항에 리본을 달았지만 실상 리본은 저마다의 가슴에 달았으리라. 심장이 있
는 자 모두가 상주이고 더운 피가 흐르는 전부가 유족이리라. 이후로 어느 누
구도 노란 색을 쓸 수 없게 될지라도.

ⓒ 탁기형

덩치 큰 사내도 꼬마도 여인네도 모두 운다. 또래의 학생들은 저희들끼리 동그
랗게 모여서서 손을 잡고 등이 출렁이도록 한참을 운다. 슬픔은 전염되는 것이
아니라 스며들어 빠져나가지 않는 감정이다. 치료제도 없다. 명복을 빈다는 말
처럼 상투적이고 절실한 한마디가 또 있겠나 싶다.

ⓒ 타기형

기억의 깊이와 행동의 크기는 다를 수 있다. 분노한다고 해서 반드시 광장으로 몰려나오는 것도 아니다. 강요할 필요도 없다. 강요해야 한다면 학습일 뿐이기 때문이다. 슬픔이 어디 배워서 익히는 감정인가 말이다. 자유의지로 망각할 수 있다면 이 또한 주입된 감정이다. 기억도 슬픔도 분노도 각자의 몫이다. 스스로 나서는 분들께 머리 숙여 인사 올린다.

후기 1
—진도체육관에서

천장에 드러난 뼈를 보네. 근육 안에 깊숙해야 할 뼈들과 관절을 보네. 엔지니어답게 강건함이라고만 생각했었네. 힘의 흐름을 가늠하며 설계자의 노고까지 칭찬하곤 했었네. 내겐 보이네. 저 파이프들 속으로 흐르는 인장력과 압축력, 부러질 듯 버거운 전단력까지 내 눈엔 보이네. 견디다가 그만 부러지고 마는 피로 파괴까지 내겐 보이네. 다 보인다고 자신하면서도 두려운 게 있네. 얼마나 힘겨운지, 언제 부러질지는 알 수가 없다네.

몇 개만 망가져도 무너질 것이네. 천장이 통째로 쏟아져 더는 제 구실을 하지 못할 일이네. 그게 누구인지 아무도 장담할 수 없네. 파이프 수백 개가 부러졌는데, 안간힘으로 버팅기고 있는데 수리할 사람 없네. 괜찮다고, 교통사고일 뿐이라고 언구럭부리네. 알아서 받아가라고 식은 국 한 그릇 내밀고 그만이네. 혹시나 힘이 돼줄까 기대했던 사람들조차 배반의 칼을 드네. 그들은 정치인이라 자청하고 우리는 그들을 악마라 새기네.

뼈도 눈물을 흘리네. 뼈가 피를 흘리네. 바닥으로 떨어져 흥건한 슬픔들은 눈물도 피도 아니네. 서서히 묵처럼 굳어가네. 종내는 콘크리트보다 견고해질 것이네. 백 년 지나도 흐트러지지 않을 하나의 덩어리, 천 년 망치질에도 부서지지 않을 응어리가 되겠네. 부서지고 싶어도 어룽거리는 얼굴 하나 있어서 차마 그럴 수 없을 것이네. 알아서 서글프고 알기 때문에 외면 못하고 안다는 죄가 추가되었네. 공감하는 자들은 죄 없는 죄인 되어 비린내 나는 누명을 쓰고 말았네.

앉자마자 가슴이 젖는 것은 이 안에 소용돌이치던 마음들 때문이네. 생존자 명단을 읽어내리던 어미와 아비의 황망함이 고스란히 남은 까닭이네. 절망에도 순번이 생겨서 먼저 떠난 가족들의 통곡까지 남은 사람이 짊어졌네. 들어서는 순간 흠뻑 젖어버리네. 언젠가 마를 거라는 예감이 외려 슬프네. 저들은 마르지 않을 텐데 나 먼저, 우리 먼저 벗어나도 되는 일인지 두렵고 죄송하고 쓰라릴 뿐이네.

후기 2
―팽목항에서

바보처럼, 바다를 원망해본다. 어서 돌려달라고 시린 눈을 가늘게 뜨며 중얼거린다. 그만하면 위세를 떨쳤으니 나머지 사람들 형체라도 남았을 때 돌려달라고 목울대를 누른다. 그대는 세월호 가족인가, 바다가 내게 묻는다. 보면 모르냐고, 아니라고 했다. 세월호 가족이라면 슬픔이 거죽을 뚫고 올라와 안색마저 다를 터인데 몰라서 묻는 거냐고 반문했다. 이제 바다도 정치인 흉내를 내느냐고 주먹을 쥐었다. 바보인지, 바다는 답이 없다. 수백 목숨을 삼키고도 묵묵부답 물결만 일렁거린다. 할 수만 있다면 사방을 둘러막고 물을 퍼내고 싶다. 배에 무슨 흔적이 남았는지도 낱낱이 사진 찍고 싶다.

바보라서, 바다를 원망했다. 생목숨 수백을 가슴에 묻고 어쩔 줄 몰라 하는 바다를 원망했다. 왜 저리 일렁이는지, 하루가 다르게 물빛이 변하는지 몰랐다. 비늘 두른 것들을 품고 평화로운 바다에 누가 강제로 생목숨을 수장시켰는지 바다가 외려 알려달라는 형국이다. 어서 가져가라고, 더는 품고 있을 수 없으니 당장 이 아린 몸들을 건져

가라고 바다가 운다. 유족인 양 다만 드러누워 받아들일 뿐, 움직이지 못하는 바다도 운다. 세상의 모든 강물을 받아들여도 넘치지 않는 것처럼 다만, 받았을 뿐이라고 움츠린다.

바다가, 신을 찾지 말라 한다. 신이 관여한 일도 아니고 막을 수 있었던 일이니 알아서 해결하라 한다. 불가항력이 신의 영역이라고 선을 긋는다. 빤한 일을 감추는데 왜 바다에 와서 울고 신을 찾느냐고 힐난한다. 야속해도 틀린 말 아니라서 대꾸하지 못한다. 서둘렀으면 전원을 구조했을 일이라서 편들어 달라 하지 못한다. 그래, 사람의 일이다. 기만과 탐욕 때문에 벌어진 참극이니 바다를 탓하지 말고 신을 원망하지도 말자고 다짐한다. 다짐이 끝나기도 전에 바다를 다시 탓하고 신을 원망해본다. 허망해서, 어디 하나 붙잡을 곳 없다고 울어도 본다.

후기 3
─내 앞에서

싫다. 세상이 싫고 두렵다. 누구든 언제든 나락으로 떨어질 가능성이 도처에 매복했는데 방어할 방법이 없다. 도와줄 사람도 보이지 않는다. 마음이야 보태지겠지. 그러나 마음만으로 될 일 아니다. 도대체 왜 죽었는지 알아야 원한의 한 가닥이 풀릴 일인데 대한민국은 그럴 가망도 의지도 없다. 세월호특별법은 엉망으로 합의됐다. 대통령이 임명하는 사람이 조사하겠다는 자체가 이미 진실과는 멀어진 거다.

백 일 넘도록 세월호 이야기를 썼다. 세월호 이야기만 썼다. 왜 써야 하는지 나도 모른다. 습관처럼, 끼니처럼 썼다. 쓰면서 마음이 풀릴까 하는 기대도 없지 않았다. 같은 하늘을 이고 사는 존재로서 슬픔에 동참한다는 의식도 있었다. 그러나 아직도 왜 쓰는지 모른다. 무관심은 아니라는 알리바이로 작용할까 봐 걱정스러웠다. 이만하면 나도 내 몫은 했다는 면죄부가 될까 한시도 마음을 놓을 수 없었다. 참여하라는 강박으로 작용할까 봐 주변의 눈치를 봤다. 잊고 싶은데 매일 상기시키는 바람에 나라는 존재를 부담스럽게 생각하는 건 아닐까 무안한 때도 있었다. 여전히 왜 쓰는지 모른다. 울컥거리는 마음을 가라앉히느라 한참이나 산책을 한 후에 문장을 이어간 경우도 여럿이었다. 야만의 거리에서 시인이 글을 쓴다고 달라질 것 없겠으나 혹시라도 무심한 사람이 내 글을 읽고 각성할까 싶은 희망으로 지속했다. 임시분향소 뒤뜰에서 실컷 울고는 마음을 다잡았다. 수색이 끝날 때까지 멈추지 않겠다는 나름의 다짐을 했다. 사실, 며칠이면 끝나리라 생각했다. 배 안에 갇힌 사람들이니 몇몇은 구조하고 불행하게도 몇몇은 주검으로 발견되리라 예상했다. 철저하게 빗나가고 말았다. 전원이 목숨을 잃었고 이 글을 쓰는 현재도 열 명이 돌아오지 못하고 있다. 대한민국이, 국가라는 조직이 이토록 무능한지 처음 알았다.

가장 큰 충격은 상상이었다. 배 안에서 생목숨이 버둥거리고 생사를 오갈 거라는 생각에 미칠 지경이었다. 실종자 수색 과정에서 얼마간 살아 있었다는 증거들이 나왔으니 에어포켓이란 것도 존재했던 거였다. 웅크리고 구조를 기다렸을 것이다. 추위에 떨며 손에 집히는 무엇이라도 몸을 감싸고, 정신을 잃지 않으려 필사적으로 몸부림쳤을 것이다. 내가 겁 많고 유약한 성격이라서 이럴까. 그건 아니다. 나름 험한 건설 현장에서 끔찍한 광경도 숱하게 겪으며 27년을 보냈는데 세월호의 경우는 견디기 힘겨웠다. 일상을 유지할 수 없었다. 꾸준히 쓰다보면 마음도 가라앉고 완전하게는 아니더라도 일상의 평온으로 돌아갈 수 있으리라 생각했다. 이제 틀린 일이라는 걸 안다. 이전으로 돌아갈 수 없음을 인정한다.

감정을 드러내지 않기가 버거웠다. 욕지거리를 퍼붓고 싶은 존재들이 수두룩한데 그들에게 차분하게 말을 건네느라 내 자신이 위선적 인간 아닌가 되짚기도 했다. 문득문득 잔인한 생각이 떠올라 스스로 놀라는 때도 많았다. 무심한 사람들에게 평소처럼 대하지 못했다. 선량하고 바른 성품이라고 생각했던 친구가 세월호 관련해서 악담을 할 때는 어떤 표정을 지어야 할까 난감했다. 자리를 박차고 나가거나 뺨을 한 대 갈겨주고 싶은 충동을 억누르기 힘들었다. 그들에게, 이해할 수 없는 논리로 무장한 그들에게 내가 어찌 보일까 걱정스러웠다. 집회도 나가고 함성도 함께 하고 심야의 폭우에 흠뻑 젖어 돌아오기도 했다. 남는 건 무력감뿐이었다. 다 외면하고 대한민국 민중의 절반만 남아 외치고 행진하고 경멸당하는 것 같았다.

그래도 쓴다. 아니, 그래서 쓴다. 진실이 무엇인지 몰라서 슬픔을 쓴다. 참사 전체가 의혹인데 밝혀진 것 하나 없으니 함부로 기록할 일 아니다. 그건 전문가들 몫으로 맡기고 정보에 접근할 수 있는 사람들의 양심을 믿기로 한다. 본문에 호명한 이름들이 희생자에 비해 턱없이 적어 죄송스럽다. 마음 같아서는 하나하나 다 문장 안으로 모셔 비문碑文으로 남기고 싶은데 유족을 찾아다니는 것도 조심스럽고 사연을 묻기도 황망해서 공정언론들을 읽었다. 애달픈 이야기가 올라올 때마다 거기 넘실거리는 슬픔을 기록했다. 서문에서 밝혔듯 이 책이 슬픔의 박물관이기를 희망한다. 박제된 것이 아니라 살아 움직이는 슬픔의 보호구역이기를 희망한다. 역사는 저들의 기만과 무능을 기록할 것이고 우리는 저들의 악랄함을 기억할 것이다. 진실은 침몰하지 않고 슬픔 또한 퇴색되지 않는다. 민중을 이긴 정치인은 없다. 슬픔보다 강인한 근육도 없다. 잊지 않겠다는 다짐 앞에 가만있지 않겠다는 결의를 새긴다.